Giuseppe Catozzella

A Pequena Guerreira

Tradução
Aline Leal

2ª edição

Editora Record
Rio de Janeiro • São Paulo
2023

CIP-BRASIL. CATALOGAÇÃO NA PUBLICAÇÃO
SINDICATO NACIONAL DOS EDITORES DE LIVROS, RJ

C358p
2ª ed.
    Catozzella, Giuseppe, 1976-
    A pequena guerreira / Giuseppe Catozzella; tradução Aline Leal. – 2ª ed. – Rio de Janeiro: Record, 2023.
    224 p.; 24 cm.

    Tradução de: Non dirmi che hai paura
    ISBN 978-85-01-10762-6

    1. Romance italiano. I. Leal, Aline. II. Título.

16-32864   CDD: 853
                                                                             CDU: 821.131.3-3

TÍTULO ORIGINAL: NON DIRMI CHE HAI PAURA

Copyright © 2014 por Giuseppe Catozzella
Copyright © da tradução por Editora Record, 2016
Publicado mediante acordo com Agenzia Santachiara
Publicado originalmente como *Non dirmi che hai paura* em janeiro de 2014 por Giangiacomo Feltrinelli Editore, Milão, Itália

Texto revisado segundo o Acordo Ortográfico da Língua Portuguesa de 1990.

Todos os direitos reservados. Proibida a reprodução, no todo ou em parte, através de quaisquer meios. Os direitos morais do autor foram assegurados.

Editoração eletrônica: Abreu's System

Direitos exclusivos de publicação em língua portuguesa somente para o Brasil adquiridos pela
EDITORA RECORD LTDA.
Rua Argentina, 171 – Rio de Janeiro, RJ – 20921-380 – Tel.: (21) 2585-2000, que se reserva a propriedade literária desta tradução.

Impresso no Brasil

ISBN 978-85-01-10762-6

Seja um leitor preferencial Record.
Cadastre-se no site www.record.com.br e receba informações sobre nossos lançamentos e nossas promoções.

Atendimento e venda direta ao leitor:
sac@record.com.br

1.

Na manhã que Alì e eu viramos irmãos fazia um calor de rachar e nós disputávamos espaço na estreita sombra de uma acácia.

Era sexta-feira, feriado.

A corrida tinha sido longa e cansativa, e nós estávamos ensopados de suor: de Bondere, onde morávamos, fomos direto ao Estádio Konis, sem parar nenhuma vez. Sete quilômetros, passando por todas as ruazinhas que Alì conhecia como a palma da mão, debaixo de um sol tão quente que poderia derreter pedras.

Juntos somávamos dezesseis anos, oito por cabeça, nascidos com três dias de diferença. Tínhamos tudo para ser irmãos, nisso Alì tinha razão, embora fizéssemos parte de duas famílias que nem deveriam se dirigir a palavra, mas que, em vez disso, viviam na mesma casa; duas famílias que sempre tinham compartilhado tudo.

Estávamos debaixo da árvore, recuperando o fôlego e tomando um pouco de ar, cobertos daquela poeira branca e fina que se solta do chão com qualquer ventinho, quando, de uma hora para outra, Alì veio com aquela história da *abaayo*.

— Quer ser minha *abaayo*? — perguntou, ainda ofegante, as mãos nos quadris ossudos comprimidos pela bermuda azul que havia sido de todos os seus irmãos antes de pertencer a ele. — Quer ser minha irmã?

Você conhece alguém a vida inteira e há sempre aquele momento em que, se ela é uma pessoa importante para você, dali por diante será sua irmã ou seu irmão.

Ligados para sempre por uma palavra.

Eu olhei torto para ele, de um jeito misterioso.

— Só se você conseguir me pegar — falei, de repente, antes de disparar de novo em direção à nossa casa.

Alì deve ter dado tudo de si, porque poucos passos depois conseguiu me segurar pela camiseta e me fazer tropeçar. Acabamos no chão, ele em cima de mim, sobre a terra que grudava em tudo, no suor da pele e em nossa roupa.

Era quase hora do almoço e não havia ninguém na rua. Não tentei me debater, não resisti. Aquilo era um jogo.

— E então? — perguntou Alì, o bafo quente na minha cara, ficando sério de repente.

Nem olhei para ele, só apertei os olhos, entediada.

— Você tem que me dar um beijo se quiser ser meu irmão. Você sabe. Essa é a regra.

Alì se esticou como uma lagartixa e tascou um beijo molhado na minha bochecha.

— *Abaayo* — disse ele.

Irmã.

— *Aboowe* — respondi.

Irmão.

Nos levantamos e fomos embora.

Estávamos livres, novamente livres para correr.

Pelo menos até em casa.

A nossa não era uma casa no sentido normal da palavra, como são as casas bonitas, com todo o conforto. Era pequena, pequeniníssima. E duas famílias moravam nela, a nossa e a de Alì, no mesmo pátio cercado por um muro baixo de argila. Nossos lares eram virados um para o outro, nas margens opostas do pátio.

O da minha família ficava à direita e nele havia dois quartos: um para mim e meus seis irmãos, outro para mamãe e papai. As paredes eram feitas de uma mistura de barro e ramagens que, sob o calor do sol, se tornava duríssima. Mas, entre nossos cômodos, como que para nos separar de nossos pais, havia o quarto dos donos da casa: Omar Sheikh, um homenzarrão gordo, e a esposa, ainda mais gorda que ele. Não tinham filhos. Viviam perto do litoral, mas às vezes vinham passar a noite aqui; quando isso acontecia, os dias eram muito menos divertidos. "Guardem as piadinhas e as gozações para depois de amanhã", dizia Said, meu irmão mais velho, cada vez que via o casal chegar, referindo-se ao dia em que iriam embora.

Já Alì, seus três irmãos e o pai deles moravam em um cômodo só, junto ao muro da esquerda.

O lugar mais bonito da casa era o pátio — um pátio grande, mas grande mesmo, com um eucalipto enorme e solitário. O pátio era tão grande que todos os nossos amigos queriam vir à nossa casa brincar. O piso, na casa e em toda parte, era de terra branca, que em Mogadíscio está em todo lugar. Em nosso quarto, por exemplo, tínhamos colocado algumas esteiras de palha debaixo dos colchões, mas elas não adiantavam muito: a cada duas semanas, Said e Abdi, meus irmãos mais velhos, precisavam levá-las para fora e batê-las com toda a força para tentar eliminar cada grãozinho de pó.

A casa tinha sido construída pelo gordão Omar Sheikh muitos anos antes. Ele quis que ela ficasse em volta do majestoso eucalipto. Passando diante daquela árvore todos os dias desde pequeno, Omar se apaixonou por ela — foi o que nos contou, muitas vezes, com sua vozinha ridícula e ofegante. Naquela época, o eucalipto já era grande e forte, e Omar pensou: *Quero que minha casa seja aqui.* Depois, com a ditadura, os problemas nos negócios começaram, e a guerra parecia se aproximar; foi então que resolveu se mudar para um lugar mais tranquilo e alugou os três quartos para as nossas famílias — a minha e a de Alì.

Nos fundos do pátio havia a casinha que servia como banheiro comum. Um cubículo fechado por bambus cerrados, com um buraco nojento no chão no qual fazíamos nossas necessidades.

Pouco antes da latrina, à esquerda, ficava o quarto de Alì. À direita, em frente, o nosso: quatro metros quadrados e sete colchões.

No centro, dormiam os meninos, e junto às paredes ficávamos nós, as quatro meninas: Ubah e Hamdi na parede da esquerda; eu e Hodan, minha irmã preferida, encostadas na da direita. No meio de nós, como uma inesgotável e protetora fonte luminosa, dominava o infalível *ferus*, a lamparina a querosene sem a qual Hodan jamais conseguiria ler e escrever suas canções até tarde, e Shafici, o mais novo dos meninos, se exibir em seus espetáculos de sombras na parede que nos matavam de rir de tão desajeitados e malsucedidos. "Você faz espetáculos de sombras muito divertidos e criativos", Said disse para ele um dia, rindo.

Antes de dormir, todas as noites, sete pessoas fechadas naquele quartinho se divertiam à beça, tentando não deixar que os outros nos ouvissem. Os outros eram mamãe, papai e Yassin, o pai de Alì, que dormia bem em frente com Alì e seus irmãos. A poucos passos de mim. Alì e eu nascemos com três dias de diferença e vivíamos separados por poucos, pouquíssimos passos.

Desde que viemos ao mundo, Alì e eu compartilhamos a comida e o banheiro. E, obviamente, os sonhos e as esperanças, que vêm junto com o ato de comer e fazer cocô, como diz *aabe*, meu pai.

Nada nunca nos separou. Alì, para mim, sempre foi como uma segunda Hodan, e Hodan, um gracioso Alì. Nós três estávamos sempre juntos, só nós três; nosso mundo era perfeito, não havia nada que pudesse nos afastar. Mesmo Alì sendo um *darod* e eu uma *abgal* — clãs em guerra desde oito semanas antes do nosso nascimento, em março de 1991.

Últimos a nascer, nossas mães nos pariram quando os clãs pariram a guerra. Mamãe e papai diziam que ela era nossa "irmã mais velha". Uma irmã má, mas, ainda assim, alguém que conhece a gente como ninguém, que sabe muito bem como é fácil nos deixar felizes ou tristes.

Morar na mesma casa, como acontecia comigo e com Alì, era proibido. Nós deveríamos nos odiar, como se odiavam os outros *abgal* e *darod*. Mas não. Em vez disso, sempre fizemos tudo da nossa maneira — incluindo comer e fazer cocô.

Na manhã que Alì e eu nos tornamos irmãos, estávamos treinando para a competição anual de corrida pelos bairros de Mogadíscio. Faltavam duas semanas, o que parecia uma eternidade. O dia da prova era o mais importante do ano para mim. Sexta-feira era feriado e havia toque de recolher também, então dava para sair por aí tranquilamente e correr pelas ruas da cidade, no meio de toda aquela brancura.

Tudo é branco em Mogadíscio.

As paredes dos prédios, perfuradas por balas ou parcialmente derrubadas por granadas, são quase todas brancas, ou cinzentas, ou ocre, ou amarelinhas; enfim, todas claras. Até as casas mais pobres, como a nossa, feitas de barro e ramagens, logo ficam brancas como a terra das ruas, que se deposita nas fachadas e em todas as outras coisas.

Quando se corre por Mogadíscio, uma nuvem de poeira fina acompanha seus passos. Alì e eu criávamos dois rastros brancos que, aos poucos, se dissolviam em direção ao céu. Percorríamos sempre o mesmo trajeto — aquelas ruas haviam se tornado nosso campo de treinamento particular.

Quando passávamos ao lado dos bares caindo aos pedaços onde velhos jogavam cartas ou bebiam *shaat*, nossa poeira ia parar nos copos deles. Sempre. Fazíamos de propósito. Então eles fingiam que iam se levantar para correr atrás de nós, e nós acelerávamos. Em um segundo, estávamos longe deles, o que levantava ainda mais poeira. Aquilo virou uma brincadeira: ríamos nós e riam um pouco eles também. Mas precisávamos ficar atentos a onde pisar, porque à noite o lixo era queimado e, no dia seguinte, as ruas ficavam cheias de detritos carbonizados. Tambores de gasolina, latas de óleo, pedaços de lona, cascas de banana, cacos de garrafas — tinha de tudo. A distância, enquanto corríamos, avistávamos pilhas fumegantes. Pequenos vulcões em erupção.

Antes de nos enfiarmos pelas vielas que levavam à grande rua que costeia o mar, passávamos por Janaral Daud, uma avenida de duas pistas coberta pela terra de sempre e ladeada por duas fileiras de acácias.

Gostávamos de ver passarem depressa o Monumento ao Solda-do Desconhecido, o Parlamento, a Biblioteca Nacional, o Tribunal de Justiça. Bem em frente a eles ficavam os vendedores ambulantes: os panos coloridos no chão sobre os quais dispunham suas mercadorias — de tomates e cenouras a limpadores de para-brisa.

Quando passamos por eles, estavam cochilando debaixo das ár-vores da avenida à espera de algum cliente. Nos olharam como se fôssemos marcianos. Zombaram de nós.

— Para que a pressa, pirralhos? É feriado. Vão com calma — dis-seram quando passamos ao lado deles.

— Vamos para a casa da sua mulher, velho preguiçoso! — res-pondeu Alì.

Às vezes, jogavam uma banana na gente, ou um tomate, ou uma maçã. Alì parava, pegava o que caía e depois fugia.

O dia da competição era um evento. Para mim, parecia até mais importante que o 1º de Julho, o dia da independência dos coloniza-dores italianos, nosso feriado nacional.

Como sempre, eu queria ganhar, mas só tinha oito anos, e todos participavam, inclusive os adultos. Na prova do ano anterior, eu havia terminado em 18º lugar, e, desta vez, queria cruzar a linha de chegada entre os cinco primeiros.

Quando meu pai e minha mãe me viam tão motivada, desde pequena, tentavam entender o que se passava na minha cabeça.

— Vai vencer desta vez também, Samia? — perguntou, irônico, *aabe* Yusuf, meu pai.

Sentado no pátio em uma cadeira de palha, ele me puxou para si e, com aquelas mãos enormes, desarrumou meus cabelos. Eu me diverti fazendo o mesmo com ele, passando meus dedos curtos e magrelos por aquela cabeleira farta e preta, e batendo em seu peito sobre a camisa de linho branco. Ele me segurou e, grande e forte como era, me levantou no ar com um braço só. Em seguida me sentou em seu colo.

— Não venci ainda, *aabe*, mas logo vou vencer.

— Você parece um filhote de cervo, sabia, Samia? Você é a minha cervinha preferida — disse ele, e ouvir sua voz grave se tornar mansa fez meus joelhos tremerem.

— *Aabe*, sou veloz *como* um cervo, não *sou* um cervo...

— Então me diga... como acha que pode ganhar daqueles meninos maiores que você?

— Indo mais rápido que eles, *aabe*! Talvez ainda não, mas um dia vou ser a mais veloz de toda a Mogadíscio.

Ele explodiu em uma gargalhada. Se minha mãe, *hooyo* Dahabo, estivesse por perto, também teria rido alto.

Mas, logo depois, quando ainda me abraçava forte, *aabe* ficou melancólico.

— Um dia, claro, pequena Samia. Um dia...

— Veja bem, *aabe*, certas coisas a gente sabe. Eu sei, desde quando ainda não falava direito, que um dia vou ser campeã. Desde que tenho dois anos eu sei. — Tentei convencê-lo.

— Sorte a sua, pequena Samia. Já eu só queria saber quando essa maldita guerra vai acabar.

Então me colocou no chão e voltou a olhar fixamente para a frente, a expressão séria no rosto.

2.

Alì e eu nunca nos importamos com a guerra. Que atirassem uns nos outros nas ruas; a gente não tinha nada a ver com isso. Porque a guerra não afetava a única coisa que importava: o que ele era para mim e o que eu era para ele.

A guerra pode tirar algumas coisas, mas nisso não consegue tocar. Por exemplo, de mim ela tirou o mar. A primeira coisa que senti assim que nasci foi o cheiro do mar, que vinha pelo vento desde o litoral até o pátio da casa, a maresia ainda impregnada em meus cabelos e na minha pele, a umidade que permeia cada molécula de ar.

Ainda assim, só toquei o mar uma vez. Sei que é água, que se você se jogar dentro dele vai se molhar, como quando vai ao poço, mas, enquanto eu não fizer isso, não vou acreditar.

Toquei a areia algumas vezes, embora não devesse. Alì e eu, de vez em quando, passando pelas ruelas que só ele conhecia, nos aproximávamos devagarinho da enorme vastidão do mar à tarde. Ficávamos à beira da grande rua que corre do sul ao norte por toda a extensão da praia e, escondidos atrás de um caminhão ou de um carro de combate, passávamos horas contemplando as ondas que se moviam para a frente e para trás, brincando com o sol que se refletia por toda parte. Morríamos de vontade de mergulhar. Aquela enormidade estava ali diante dos nossos olhos e nós não podíamos entrar nela.

Em duas ou três ocasiões, porém, Alì ficou impaciente. Eu percebi pelo modo como ele continuou a esfregar as mãos sem parar. Olhou em volta, me pegou pelo braço e me disse que corresse. Só isso: "Corre." Atravessamos a grande rua e nos sentamos na areia. Loucos! Podiam atirar em nós. A praia é um dos lugares preferidos dos milicianos porque é céu aberto. As balas dos fuzis, ali, viajam retas até o alvo.

Mas fingimos ser crianças normais, daquelas que não pensam em nada e só querem brincar.

A areia era quente e fina como minúsculas pepitas de ouro. Não se via ninguém ao redor. Começamos a rolar, a lutar, espalhando areia um no outro, nos cabelos crespos e pretos, nas roupas, por toda parte. Depois de ter me feito dar duas ou três cambalhotas, Alì ria feito um doido, parecia enlouquecido. Eu nunca tinha visto Alì assim. Ele abriu a boca e mostrou os dentões branquíssimos:

— Você parece uma almôndega coberta de farinha de milho!

E continuou a rir, com aquela cara engraçada dele, o nariz achatado acima de uma boca carnuda e enorme e debaixo de dois olhos pequeninos e próximos.

— Você é uma almôndega de milho! — repetiu ele.

Tentei me soltar, mas não consegui. Ele era muito mais forte que eu, mesmo não sendo musculoso: era muito alto, magro e ágil. Ele me manteve grudada na areia enquanto eu tentava me debater, e fingiu querer me beijar na boca, inclinando-se para a frente com sua cabeça de tartaruga. Eu sacudi a cabeça para os lados, enojada, mas, quando chegou perto, em vez de me beijar, Alì fez *"Bu!"* e soprou areia nos meus olhos.

Eu o odiava.

Uma vez, uma única vez, tomados por uma força maior que nós, nos aproximamos da água devagar. Um pequeno passo após o outro, quase sem pensar.

Era uma vastidão linda, gigantesca, como um elefante que dorme e respira fundo. Além disso, as ondas faziam um som maravilhoso que se assemelhava a uma voz; soavam como as pequenas conchas no pote de vidro que papai dera de presente para mamãe quando eram noivos, e que ela mantinha escondido dentro de uma cômoda de madeira no quarto deles. Nós pegávamos o vidro e o virávamos lentamente para um lado e para o outro, a fim de ouvir a voz do mar.

Shhhh. Shhhh.

Nos aproximamos dele e molhamos mãos e pés na água. Levei os dedos à boca. Salgada.

Então, à noite, depois daquele contato, sonhei com as ondas. Sonhei que me perdia naquela vastidão, deixando que me ninasse, que me levasse para cima e para baixo de acordo com a vontade da água.

É isso. A guerra, como já disse, me privou do mar. Em compensação, me fez querer correr. Porque grande como o mar é minha vontade de correr. A corrida é o meu mar.

De qualquer forma, se Alì e eu sempre fizemos de conta que a guerra não existia é porque somos filhos de Yusuf Omar, meu pai, e de Yassin Ahmed, o pai dele. Eles também são amigos desde que nasceram e também cresceram juntos, na aldeia de Jazeera, ao sul da cidade. Frequentaram a mesma escola e os pais deles também tinham trabalhado juntos, na época da colonização italiana. E, juntos, nossos pais aprenderam com seus pais alguns ditos populares nessa língua. *Non fare oggi quello che puoi fare domani.* "Não faça hoje o que pode fazer amanhã." Ou *Tutto il mondo è paese.* "O mundo é uma aldeia." *Aiutati che Dio t'aiuta.* "Ajuda-te que Deus te ajudará."

Outra coisa que aprenderam foi a frase: *Cascassero sulla tua testa mille chili di merda molle molle.* "Que caiam na sua cabeça mil quilos de merda mole", com todas as suas variantes, algo que o patrão italiano deles dizia na época em que trabalhavam no porto e descarregavam contêineres. Certo dia, um contêiner abarrotado de estrume se abriu de repente, e aquela chuva de merda o submergiu. Desde então, os negócios foram de vento em popa, mas mesmo assim ele começou a usar a frase toda vez que sentia vontade de xingar.

Outra frase dizia: *Siamo tutti figli della stessa patria.* "Somos todos filhos da mesma pátria." Essa é a preferida deles, amigos do coração que nada poderá desunir. Como nós.

"Será que alguma coisa vai nos separar um dia?", nós nos perguntávamos, Alì e eu, em certas tardes de calor extremo, quando ele me ajudava a subir no eucalipto e ficávamos mergulhados no frescor das folhas durante a metade dos dias falando do futuro. Era ótimo estar lá em cima, no eucalipto. Como alternativa ao mundo real, construíamos um onde só existíamos nós e nossos sonhos.

"Não!", respondíamos, um de cada vez. E depois fazíamos o sinal do juramento de irmãos do coração: beijávamos os dedos indicadores cruzados, duas vezes, invertendo o direito com o esquerdo. Nada nem ninguém poderia se meter entre nós. Teríamos apostado qualquer coisa, até a vida.

Mas aquele eucalipto também era o lugar preferido de Alì para se esconder sozinho. Por exemplo, quando não queria aprender a ler.

Embora Hodan tivesse cinco anos a mais que eu, todas as manhãs íamos para a escola juntas, o Instituto Madrasa Musjma, com turmas de ensino fundamental e médio. Alì não ia com a gente. Seu pai nunca teve dinheiro para pagar pelos seus estudos. Frequentou o primeiro ano do ensino fundamental numa instituição pública; depois a escola foi destruída por uma granada e desde então ele não voltou mais. As aulas, a partir daquele dia infeliz, foram dadas ao ar livre, e não foi fácil encontrar professores dispostos a correr o risco de levar uma bomba na cabeça.

O único jeito de estudar era se inscrever na escola particular. Nosso pai conseguiu pagar a mensalidade durante alguns anos, com muito sacrifício, mas, desde o início da guerra, Yassin teve dificuldade em vender suas frutas e verduras.

Poucos queriam comprar algo de um *darod* sujo, dizia-se em Mogadíscio.

Alì ficava incomodado por nós sabermos ler e escrever. Isso o fazia se sentir inferior. Seu clã de fato era visto dessa forma no nosso bairro. E não ser alfabetizado era uma das coisas que reforçavam isso.

Às vezes, tentávamos ensinar as letras a ele, mas pouco depois desistíamos.

— Alì, tente se concentrar — dizia Hodan, que tendia a se comportar como uma professora de jardim de infância, como uma mamãezinha.

Ele se esforçava, mas era difícil demais. Aprender a ler era um processo demorado, não dava para fazer isso à tarde, no pátio, sentados à mesinha que *aabe* e Yassin usavam para jogar cartas, debaixo de um sol quente, quando a vontade era se divertir. A única que experimentava algo parecido com diversão era Hodan, que brincava de ser professora e nos obrigava a fazer papel de alunos. Eu era sempre a boa aluna, e ele, o que não se esforçava.

— Não consigo — dizia Alì. — É muito difícil. Além do mais, isso não me interessa! Saber ler não serve para nada!

Eu tinha que interpretar o papel da colega que queria ajudá-lo, caso contrário Hodan se irritava.

— Ora, Alì, não é tão difícil, eu também aprendi. Veja. Estas são as vogais. *A, e, i, o...* — Eu tentava encorajá-lo.

Ele escapava. Não havia jeito. Resistia dez minutos, até o momento em que Hodan, no início da aula, lia o trecho de um livro. Quando era ele quem devia tentar ler, inventava de tudo para ir embora. E nas vezes em que Hodan insistia e o deixava com raiva, Alì subia no eucalipto e ficava por lá.

Seu eucalipto. Seu lugar preferido.

Uma tarde, depois de ter brigado com o irmão Nassir, subiu até o topo e ficou lá quase dois dias. Ninguém foi capaz de trazê-lo para baixo, ninguém conseguia ir tão alto. Nassir tentou convencê-lo de todas as maneiras, sem sucesso. Alì desceu somente na segunda noite, consumido pela fome.

Desde então, às vezes o chamávamos de "macaco". Só um macaco como ele podia chegar ao topo. Ele preferia ser chamado assim do que aprender a ler.

Enfim, Alì era metido a besta, mas era mais lento que eu, apesar de ser menino. Era mais forte, mas era mais lento.

Quando queria me irritar, me chamava de *wiilo*, moleque, e dizia que era só por isso que eu corria rápido. Ele falava que eu era um menino que nasceu no corpo de uma menina, que eu era uma sabichona arrogante igual aos meninos, e que, quando eu fosse adulta, meu bigode cresceria igual ao do seu pai, *aabe* Yassin. E eu sabia — ele não precisava me dizer —, que eu era um moleque, e que as pessoas, quando me viam correr sem véus, sem o *qamar* e o *hijab*, só com uma camiseta enorme e de bermuda, eu magra como um raminho de oliveira, pensavam que eu não era uma filha perfeita do Alcorão.

Mas, à noite, depois do jantar, quando os adultos se divertiam fazendo com que disputássemos no pátio uma bolinha de doce de gergelim ou um *angero* de chocolate, eu mostrava para ele. O pátio era o centro da vida das famílias; com a guerra, era melhor ficar em casa o maior tempo possível.

Depois que *hooyo* Dahabo, ajudada por minhas irmãs, cozinhava o jantar para todos no *burgico*, o grande braseiro, e acabávamos de comer — em geral, pão e verduras, ou arroz e batatas, e de vez em quando um pouco de carne —, *aabe* Yusuf e *aabe* Yassin preparavam a pista de atletismo para nós.

Os irmãos mais velhos torciam, enquanto Alì e eu, com pinta de campeões, nos preparávamos para a corrida, agachados com as mãos no chão. Tínhamos até os blocos de largada, que *aabe* construíra desmontando duas caixas de madeira usadas para as melancias.

Para as linhas que delimitavam as raias, Said e Nassir, nossos irmãos mais velhos, eram obrigados a arrastar os pés do fim do pátio até o muro de argila, por cerca de 30 metros, desenhando uma curva e traçando um percurso que voltava ao ponto de partida.

Eu sempre vencia.

Alì me odiava, mas, no fim, meu doce de gergelim, que é a coisa que mais amo no mundo — não existe nada de que eu goste mais que um doce de gergelim —, eu quase sempre dividia com ele. Antes, porém, eu o obrigava a prometer que não me chamaria mais de *wiilo*. Quando ele prometia, eu lhe dava a metade.

Naquelas noites de verão, quando finalmente o ar se tornava um pouco mais fresco, depois das corridas Hodan e eu brincávamos de *shentral*. Eram dias bonitos e despreocupados, quando todos nos esquecíamos da guerra. *Shentral* se brincava desenhando uma amarelinha no chão e depois escrevendo dentro dela os números de um a nove. Jogava-se uma pedrinha e devia-se chegar ao topo da amarelinha. Já os irmãos jogavam *griir*, sentados no chão e lançando pedrinhas das mãos de um para as do outro.

De vez em quando, nessas longas noites de ventania, juntava-se a nós Ahmed, amigo de Nassir, o irmão mais velho de Alì. Ahmed tinha dezessete anos, como Nassir e Said. Para mim e Alì, ele parecia enorme, e para mim e Hodan, parecia lindo e inatingível. Ahmed tinha a pele morena e os olhos claros, coisa raríssima na Somália, de um verde que brilhava com a luz do luar, o que tornava seu olhar ainda mais orgulhoso.

Uma vez nós lhe perguntamos por que tinha olhos diferentes, e ele, fazendo o gesto do ato sexual com as mãos — uma delas formando um círculo e o dedo indicador da outra entrando e saindo do círculo —, disse que seu avô devia ser um dos italianos que haviam se divertido com as garotas negras. Nassir e Alì explodiram em uma risada. Meu irmão Said, não; ele o olhou com a expressão séria de sempre, balançando a cabeça.

Said não se dava muito bem com ele, ao contrário de Nassir, que o adorava. Talvez o visse como um rival por causa de sua amizade com Nassir, ou talvez simplesmente não o achasse simpático. Sempre o tratava com desconfiança, dizia que havia algo no fundo daqueles olhos claros que não o convencia. Alì também nunca se aproximava demais dele. Fitava-o com frequência, estudava-o, mas mantinha distância. Em geral, quando Hodan e eu brincávamos de *shentral*, Alì ficava perto de seu pai e de *aabe*, que todas as noites jogavam cartas, e de lá o encarava cautelosamente.

Algumas noites, depois das partidas de *griir* ou de bola, Ahmed e Said acabavam se engalfinhando, às vezes de brincadeira, outras de verdade, e *aabe* e Yassin tinham de apartá-los. Certa ocasião, Said lhe deu um soco tão forte que o sangue que escorreu de seu nariz sujou toda a camiseta branca. Parecia ter se machucado muito.

Pouco depois, *aabe* os obrigou a fazer as pazes e, na noite seguinte, como se nada houvesse acontecido, tinham voltado a ser amigos.

Uma das coisas mais bonitas daquelas noites de verão, porém, eram as canções de Hodan.

Costumávamos nos sentar em uma roda, depois que *hooyo* e as irmãs tinham terminado de lavar as panelas, e ficávamos horas ouvindo sua voz de veludo cantando melodias familiares.

Aabe e Yassin fumavam, com os olhares lânguidos voltados para o céu, e eu me perguntava o que um homem grande e bonito como *aabe* poderia pedir às estrelas; *hooyo* e as irmãs de vez em quando se emocionavam com as palavras de Hodan, e enxugavam os olhos e o nariz com os lencinhos; os irmãos mais velhos e Ahmed ficavam sentados na poeira, as pernas unidas entre os braços, fitando o chão.

Às vezes, Ahmed levantava o olhar, e aqueles olhos de gelo refletiam o luar; pareciam querer desafiar a lua. Quando fazia assim, eu virava a cabeça e desviava a atenção para o rosto de Hodan, que, no centro, continuava a cantar canções que falavam de paz e de liberdade.

3.

Na noite anterior à corrida anual, antes que nossos pais voltassem do trabalho, Alì e eu fizemos algo proibido: saímos para correr.

Eram seis da tarde, o sol estava baixo no horizonte, o cheiro do mar chegava até o pátio. A maresia se insinuava, empurrada por um vento fresco e perfumado pelos aromas que começavam a se erguer dos braseiros das casas próximas, e isso nos atraiu. Faltavam poucas horas para a prova e queríamos alongar os músculos e as passadas. Sentíamos necessidade disso, como dois atletas de verdade.

Com frequência, as milícias decidiam que o toque de recolher começaria nas horas que precediam as sextas-feiras. De fato, naquele fim de tarde, não se ouviram tiros. E, além do mais, era noite de lua cheia. A claridade era suficiente para ser menos arriscado.

Não nos afastaríamos muito. Saímos com a ideia de dar a volta no quarteirão, chegar até a avenida Janaral Daud, dar uma volta no Monumento ao Soldado Desconhecido e retornar. Seriam uns 20 ou 25 minutos no máximo.

Alì me disse para colocar os véus, mas não dei ouvidos a ele. *Hooyo*, que cozinhava debruçada sobre um caldeirão fumegante, toda enrolada nos véus claros que usava em casa, não percebeu que estávamos saindo. Nem Hodan, fechada no quarto com nossas outras irmãs.

Fazendo o mínimo de barulho possível, saímos sorrateiramente passando por baixo da cortina vermelha que cobria a abertura no muro de argila, certos de que ninguém nos veria.

A guerra não nos assustava; ela era a nossa "irmã mais velha".

Com frequência, quando tiros de morteiro ou de metralhadora eram ouvidos, Alì ia com seus amigos Amir e Nurud para perto dos milicianos, a fim de ver como atiravam. Eles se aproximavam devagar e se escondiam atrás de um carro ou da quina da parede externa de uma casa, e olhavam. Os três se empolgavam com o barulho dos fuzis e das metralhadoras. Quando voltavam ao pátio falavam rapidíssimo e eu ficava embasbacada escutando os dois, suas vozes se misturando, cada um querendo me contar um detalhe que achava que só ele tinha visto. Seus olhos se arregalavam, ferozes como as bocas dos fuzis.

Enfim, naquela noite, corremos uns 20 minutos. O ar estava fresco; não se suava como de dia. Aquele era meu horário preferido. Tudo era desacelerado, o dia chegava ao fim e o que permanecia suspenso no ar era uma luminosidade baixa, em vez da luz ofuscante da tarde, com o sol se espalhando por toda parte, refletido em cada partícula de pó. Era uma luz mais fraca, repousante.

Já estávamos no caminho de volta, não muito longe de casa, quando fomos obrigados a parar. No fim de uma ruela deserta, um jipe de milicianos fundamentalistas apareceu de repente.

Não eram nem *hawiye*, nem *abgal*, nem *darod*; eram integrantes do Al-Shabab. A etnia, nesse caso, não tinha nada a ver com o assunto. Eram militares apoiados por extremistas da Al-Qaeda, que estavam fazendo de tudo para tomar o poder, se aproveitando das rixas entre os clãs.

Dava para reconhecer de longe os integrantes do Al-Shabab por suas barbas compridas e jaquetas escuras, diferentemente dos milicianos dos clãs, que usavam paletós camuflados conseguidos sabe-se lá como, de algum mercado ou de segunda mão dos exércitos etíopes. Já os soldados do Al-Shabab tinham uniformes de verdade, novos, que os faziam parecer ricos senhores da guerra.

Havia oito homens na caçamba com os canos das metralhadoras brotando como antenas por trás das costas.

O jipe avançava bem devagar quando um dos homens barbudos virou a cabeça em nossa direção e nos viu chegar.

Dois pontinhos inofensivos, cansados e suados. Uma *abgal* seminua e um *darod* de nariz achatado e pele negra como o ébano.

O homem deu um soco no teto da cabine do jipe, que parou. Tudo aconteceu em poucos segundos. Dois milicianos saltaram do veículo e vieram até nós.

Eram baixos e não tinham barba.

Só quando chegaram perto entendemos por quê: eram garotinhos de doze anos, talvez onze. Carregavam a tiracolo fuzis maiores que eles. Nos últimos meses, circulava o boato de que o Al-Shabab havia começado a recrutar crianças a fim de prepará-las para a guerra santa. Garantiam aos pais que, em troca, os filhos receberiam instrução, aprenderiam árabe e as leis do Alcorão, fariam três refeições por dia e dormiriam em um alojamento digno, com uma cama de verdade e todas as comodidades que quase ninguém podia mais se dar ao luxo de ter. Aqueles dois deviam ser novos recrutas.

Quanto mais se aproximavam, me olhando com uma expressão de desaprovação, mais eu tomava consciência de como estava vestida: bermuda e camiseta. Malditos véus. E Alì era *darod*, os mais odiados pelos fundamentalistas pois os consideravam inferiores, um clã de *negros*, como diziam, enquanto nós, *abgal*, tínhamos a pele mais clara, um tom de âmbar, e traços que se aproximavam das feições dos árabes, de quem os fundamentalistas do Al-Shabab pensavam descender. Pararam a cerca de vinte passos de nós.

— O que fazem na rua a esta hora? — perguntou o mais baixo e gorducho, de camisa preta bem passada e calça escura com pregas. Aquele traje quase perfeito no nosso imaginário pertencia apenas à Europa ou à América. Estávamos acostumados a nos vestir como podíamos, com roupas velhas. Somente alguns adultos, às sextas-feiras, gostavam de passear pela praça do Parlamento ou à beira-mar com a mesma calça e o mesmo paletó que usavam nos anos de paz.

— Estamos treinando para a corrida de amanhã — respondeu Alì, destemido.

Eram perguntas de praxe. Embora nunca tivesse acontecido com a gente, relatos de episódios semelhantes circulavam por ali. Não havia motivo para temer aquelas perguntas.

Os dois explodiram em uma gargalhada, o gordo coçando o traseiro. Então deram alguns passos à frente, e um poste de luz iluminou o rosto deles. Seus olhos estavam aquosos e vermelhos.

— Então vocês dois são atletas... — disse o gordo pouco depois, em tom de ironia, e começou a rir de novo.

— Sim — respondeu Alì. — Estamos treinando para a competição anual de corri...

Naquele momento, o outro, um franzino com uma cicatriz comprida na testa e olhos que pareciam possuídos, gritou:

— Calado, *darod*! Você nem devia abrir a boca. Sabe que a gente podia levar você embora e ninguém ia reclamar? Aliás, era capaz de seu pai ficar contente se você viesse com a gente. Pelo menos ia ter uma roupa decente para usar. — Explodiram de novo em uma risada, como duas crianças, enquanto o gorducho continuava a coçar o traseiro.

Alì baixou a cabeça e olhou para a própria roupa. Estava com uma camiseta que tinha sido de seu irmão Nassir, cheia de furos e manchas de comida, e uma bermuda muito larga, amarrada na cintura com um barbante. Nos pés, um par de mocassins furados que seu pai Yassin havia conseguido sabe-se lá onde, sabe-se lá quantos anos antes.

Com o canto do olho, notei um movimento. Alì tremia como o couro de um tambor. Chorava em silêncio, de raiva e de vergonha. Eu me virei e vi que uma lágrima, uma só, descia por sua bochecha.

O magro, como um predador que fareja o animal ferido, deu cinco ou seis passos para a frente. Usava um perfume masculino com um cheiro forte, tipo água-de-colônia, mas muito intenso, que se espalhara por todo o ar ao redor.

— Você é só um *darod* pequeno e sujo — disse o magro. — Não se esqueça disso. Você é só um *darod* sujo.

Alì não falou nada. Eu estava morrendo de medo.

Então o franzino veio na minha direção e me agarrou pelo braço.

— E quem sabe a gente não leva a sua amiga? Assim ela aprende a se vestir como um *wiilo*. Quem você acha que é, hein? Um garoto?

Tentei me desvencilhar, mas ele me segurava firme. Tentou me arrastar, mas eu resisti; estava com os pés cravados no chão.

De repente, Alì disparou e, como um felino, se atirou na mão dele e a mordeu. O garoto soltou meu braço e Alì me deu um empurrão, gritando que eu corresse para casa.

Olhei para ele sem saber o que fazer. Não queria deixar Alì sozinho, mas sabia que precisávamos de ajuda.

Em vez de se vingar da mordida, enquanto ainda sacudia a mão no ar, o garoto sorriu com uma careta sinistra e disse:

— Ei, esse *darod* é bom nisso.

O outro parou de se coçar, concordou e com a mesma mão começou a enrolar um cacho do cabelo.

— Você tem colhões, *darod* — disse. — Quem é seu pai?

— Não te interessa quem é meu pai, gordão — respondeu Alì.

— Bem, se não dá para a gente falar com quem devia ter te ensinado boas maneiras, então a gente vai ter que levar você no jipe...

A dupla se aproximou e pegou Alì pelas axilas. Ele tentou se soltar, mas eram dois, e mais altos.

— Quem sabe algum dos adultos resolve querer ensinar boas maneiras a você, *darod*. E a ficar mais esperto. Não é uma coisa inteligente morder um cara com uma arma...

Enquanto Alì continuava a se sacudir e eu permanecia petrificada, um terceiro homem desceu da caçamba.

Da penumbra, via-se que era muito mais alto que os outros. Devia ser mais velho, mas também não tinha barba. Talvez ainda fosse jovem. Talvez fosse sensato.

Chegou perto e ordenou aos dois que largassem o *darod*.

— Soltem o garoto. E vão para o jipe. Eu cuido dele.

Alì e eu nos viramos em direção àquela sombra. Tínhamos reconhecido a voz. Juntos levantamos o olhar para seu rosto.

Estava a uns cinco metros de nós, mais ou menos. O poste de luz iluminava pouco, mas os olhos de gelo que brilhavam eram os dele, mesmo estando velados pela mesma estranha aquosidade dos dois meninos.

Ahmed. O amigo de Nassir, aquele por quem Hodan estava secretamente apaixonada.

Os dois garotos resmungaram algo e, de má vontade, soltaram Alì. Quando já tinham chegado à caçamba, Ahmed falou, a voz baixa para evitar que os companheiros o escutassem:

— Tomem cuidado, vocês dois. Sair por aí sozinhos é perigoso.

Deu meia-volta e fez sinal para o motorista ligar o veículo.

Antes de subir na caçamba com um pulo, quando o jipe já estava em movimento, Ahmed encarou Alì com uma expressão sinistra. Uma fração de segundo que pareceu durar uma eternidade.

Os olhos verdes brilharam à luz do luar. Aquele olhar gelou meu sangue. Um misto de volúpia e de promessa. Não havia desafio, apenas um ar de pacto insidioso.

Depois, devagar como tinha chegado, o grupo dos milicianos foi embora.

* * *

Eu tremia feito vara verde. Alì, por sua vez, se sobressaltou.

— Malditos fundamentalistas! Só faltava isso nesta cidade, não bastavam todos os outros grupos armados! — explodiu.

Aquelas inspeções podiam acontecer, claro, mas teria sido melhor continuar a saber delas só pelas histórias dos outros. Eu me aproximei para abraçar Alì e tentar acalmá-lo, mas ele me empurrou.

— Estou bem, me deixa em paz. Aqueles extremistas sujos não fizeram nada comigo — resmungou sem nem me olhar, continuando a fitar o chão.

— Aqueles dois tinham alguma coisa nos olhos que não parecia natural... — falei.

— Tinham, sim. Estavam todos sob efeito do *khat* — disse Alì.

— O que é *khat*?

— É aquela porcaria de droga que o Al-Shabab dá para os milicianos.

— Eles se drogam e depois saem por aí atirando?

— Não. É *porque depois* devem sair por aí atirando que dão a eles. Oferecem aos mais jovens, que ficam viciados.

— Pareciam perdidos, como se estivessem possuídos por uma força maligna — falei baixinho, desejando que aquela sensação passasse logo.

Como se tivesse ficado distraído, Alì retomou o assunto:

— Aquele gordo continuava coçando a bunda.

— Devia estar com carrapatos na cueca; que roupa nova, que nada. — Eu sorri.

— É verdade, devia estar mesmo com aquela bunda amerdalhada cheia de carrapatos... — falou rindo, enquanto se virava para olhar o vazio, no ponto em que até há pouco o jipe estava parado, como se quisesse se assegurar de que realmente tinham ido embora.

Peguei Alì pela mão e dessa vez ele não se opôs.

Voltamos para casa devagar, falando besteira atrás de besteira. Fizemos todo o caminho sem falar de Ahmed nenhuma vez.

* * *

No pátio, *hooyo*, sentada em uma cadeira, ainda mexia a panela fumegante aquecida pelo *burgico*. Havia colocado o véu branco para cobrir os cabelos, aquele que evitava usar quando não cozinhava.

A pele de seu rosto, vista da entrada, perolada pelo vapor do caldeirão e iluminada pelo luar e pelo fogo, parecia bem lisa. Esticada e brilhante como a casca de uma melancia ao meio-dia.

Só para variar, naquela noite comemos arroz e verduras.

4.

Na manhã seguinte, participamos da corrida.

O ponto de encontro era no Monumento ao Soldado Desconhecido, às 11h, o sol quase a pino. Fazia um calor dos infernos.

O trajeto serpenteava pelas ruas da cidade até chegar ao Estádio Konis. Assim que entrássemos no estádio, daríamos uma volta no campo e depois cruzaríamos a linha de chegada.

Éramos trezentos participantes. Durante os últimos doze meses esse momento era tudo em que eu havia pensado: semana após semana, dia após dia. Eu havia percorrido mentalmente cada metro, cada curva; tinha me imaginado em cada momento da competição, na entrada do estádio, na linha de chegada.

Mas o encontro da noite anterior com Ahmed e o humor de Alì haviam me afetado.

Por isso, não consegui dar o meu melhor. Tentei me manter na margem do grupo, fiz tudo o que tinha planejado, mas alguma coisa dentro de mim não funcionou como eu esperava. Parte do meu cérebro continuava a pensar naqueles olhos de gelo olhando para Alì.

Um ano! Um ano de treinos e não consegui dar o meu máximo. Nunca me perdoaria por isso.

O percurso era o de sempre, nós o tínhamos feito mil vezes. As ruas estavam livres dos poucos carros que normalmente circulavam, e, ao longo de toda a extensão da avenida Janaral Daud, havia aglomerações de pessoas que, por poucos xelins, vendiam água ou sucos, bananas e barrinhas de chocolate. A avenida, sem lixo, estava irreconhecível.

Se tivesse sido em qualquer outro dia, eu poderia ter vencido.

Mas não. Cheguei em 8º lugar.

Alì foi o 149º colocado.

— Você é melhor em morder que em correr — falei para ele depois, de zoação.

Ele até tinha ido parar dentro de uma poça de excrementos — um esgoto a céu aberto. Percebendo que estava ficando muito para trás, pegou um atalho por uma rua lateral, na qual, de madrugada, lixo e fezes eram jogados, desde que uma bomba furara a rede de esgoto construída pelos italianos. Naquele dia, a poça ocupava toda a extensão da rua. Alì achou que fosse pouco profunda e acabou dentro dela, afundando até a panturrilha. Mas ganhou muito terreno.

Naquela noite, comemoramos em casa.

Hooyo cozinhou espetinhos de tripa e intestino de cordeiro, que eu amava de paixão. *Kirisho mirish* e doces de gergelim eram minhas comidas preferidas. Estávamos felizes. *Aabe* fazia um monte de piadinhas e provocava risadas em todos nós.

Já Alì, por causa da vergonha que sentia pelo fedor que exalava, nem quis sair do quarto. Nassir tinha obrigado o irmão a se lavar antes de entrar, e ele não quis saber de aparecer depois.

Às vezes, quando Said ou Nassir zombavam dele por causa do mau cheiro, Alì gritava algo do quarto, choramingando. E, nesse ponto, todos pegávamos mais pesado.

— Me deixem em paz! — berrava ele de sua reclusão voluntária.

— Vamos, saia daí para comer, seu fedido! — Nassir pegava no pé dele, sabendo que o irritaria ainda mais.

— Não, não como mais com você — berrava Alì.

— Que caiam na sua cabeça mil quilos de merda de esgoto — completou Said, e todos rolamos de rir. Alì não disse mais nada.

Algo o perturbava.

O fato de Ahmed estar nas milícias dos fundamentalistas mexera muito com ele.

Eu havia argumentado que meu irmão Said tinha razão em não confiar em Ahmed, mas Alì me respondera que Nassir era muito amigo dele, portanto, não podia ser mau.

Daquele dia em diante, porém, seus olhos passaram a ser constantemente invadidos por uma grande tristeza.

Eu tentava alegrá-lo, mas ele logo se fechava em seus pensamentos. Eu não sabia o que fazer.

A partir daquela noite, por muitas semanas, ele começou a ficar cada vez mais tempo no eucalipto. Quando jogávamos *griir*, ele se confundia com a conta das pedrinhas e perdia. Ele que sempre havia vencido de todos. Quando brincávamos de pique-esconde, ele escolhia os mesmos lugares todas as vezes, e, quando alguém chamava sua atenção para isso, ele não dava importância. Não ligava para ganhar. Ficava em cima do raio do eucalipto pensando em sabe-se lá o quê. Eu não o reconhecia mais.

Uma tarde, do nada, ele me disse que pararia de correr e que viraria meu treinador.

— E por que você tem que ser meu treinador? — perguntei enquanto amarrava o cadarço do tênis.

— Você é melhor que eu. É perda de tempo eu continuar tentando. Não tenho talento para corrida. Você tem.

Ele estava comendo uma espiga de milho que *hooyo* havia cozinhado na noite anterior.

— E por isso resolveu ser meu treinador?

— Todo atleta tem um treinador. Se não posso ser atleta, então quero ser treinador.

— Porque, se eu ganhar, vou ficar devendo a você... — brinquei.

— Não — respondeu, sério. — Porque precisa de alguém que a treine. Sozinha não vai conseguir.

Uma pausa. Levantei a cabeça e olhei para ele.

— Não vou conseguir *o quê*? — perguntei.

— Ser uma campeã.

Nós tínhamos oito anos.

Como de costume, não comentei nada. Mas, a partir daquele dia, me vi com um treinador.

Talvez por culpa de Ahmed eu tenha perdido um companheiro de brincadeiras, mesmo não querendo admitir isso. Mas havia encontrado a mim mesma.

Depois daquele dia, eu me transformei no que sempre tinha desejado ser: uma atleta.

E tudo graças a Alì, sem que ele nem se desse conta.

Eu o abracei forte e saímos para correr ao vento naquela tarde de alegria infinita.

5.

Então, em uma manhã como outra qualquer, que não dava nenhuma indicação do que estava por vir, enquanto Hodan e eu ainda dormíamos, *aabe* saiu com Yassin para trabalhar, como sempre, no bairro de Xamar Weyne.

Era uma área distante, mas muito movimentada, cheia de gente indo e vindo, um lugar ideal para fazer negócios. Centenas e centenas de vendedores com barracas grandes e pequenas de todas as cores gritavam aos passantes a qualidade de seus produtos. Esse era o mercado de Xamar Weyne, um local em que os vendedores eram quase tão numerosos quanto os clientes. Algodão, linho, camisetas, carvão, calças jeans americanas, sapatos, frutas, sandálias, verduras, incensos, especiarias, chocolate... cada um expunha sua especialidade.

Yassin tinha dois anos a menos que *aabe* e era ainda mais alto, com 1,90 m. Só que parecia mais velho, tinha mais rugas em volta dos olhos e na testa, e, além disso, seu olhar era sempre triste. *Hooyo* dizia que era porque ele havia sofrido demais por sua mulher, a belíssima Yasmin, mãe de Alì, que morreu de câncer quando tínhamos dois anos. Havia uma fotografia dela num porta-retratos em cima de um gaveteiro no quarto deles; cada vez que entrava lá, eu me impressionava com o quanto Yasmin era bonita. A testa ampla, os olhos grandes e alongados, a mesma boca carnuda de Alì.

Todas as manhãs, *aabe* e Yassin saíam de casa às 5h e voltavam somente à noite, ao pôr do sol, por volta das 18h. Tinham duas barracas grandes, *aabe* de roupas e Yassin de verduras.

— Espero que você nunca precise trabalhar tanto quanto eu, pequena Samia — *aabe* me dizia quando eu era bem menor, cansadíssimo, antes de me dar boa-noite na hora de dormir.

Adorava tê-lo ali perto. Aqueles momentos eram mágicos para mim. Eu me perdia no perfume de sua loção pós-barba e era feliz, me sentia segura. As roupas também tinham um cheiro: o de um longo dia de trabalho. Eu o reconheceria em meio a milhares de cheiros.

— Se você faz, eu também posso fazer — eu retrucava.

— Eu faço para que você não precise fazer.

— *Aabe* — falei certa vez, depois de ter pensado um pouco no assunto —, por que você nunca reclama do que faz? Omar Sheikh, o dono da casa, reclama sempre de tudo; quando está aqui, passa os dias contando suas desgraças.

— Reclamar só serve para fazer você continuar no que não gosta — respondeu *aabe* com seu vozeirão, enquanto passava a mão nos cabelos pretos e lisos. Ele sempre os usara um pouco compridos. *Hooyo* zombava dele, dizia que se comportava como mulher e por isso nem tinha barba. "Barba é para os fundamentalistas", retrucava ele. — Se realmente não está satisfeita com alguma coisa, então, é só mudá-la, pequena Samia. Eu amo o meu trabalho, e o amo porque faço para vocês. Isso me deixa feliz.

Parei um pouco para refletir, depois perguntei:

— Papai, mas você não tem medo da guerra?

— Você nunca deve dizer que tem medo, pequena Samia. — Ele ficou sério. — Nunca. Caso contrário, as coisas das quais tem medo parecerão grandes e acharão que podem vencê-la.

Naquela manhã, Yassin e ele tinham saído juntos, como sempre. Haviam acabado de atravessar a grande avenida Janaral Daud, logo depois do Parlamento, e fizeram uma pausa para beber um *shaat* no bar do amigo Taageere, uma barraca de madeira em uma ruela, e para bater um papo antes do trabalho, como todos os dias.

Só que, de repente, ouviram tiros.

A uns cem metros, por trás de um edifício de seis andares, haviam surgido quatro ou cinco militares *hawiye*, associados aos *abgal*. Estavam procurando um *darod* que, segundo eles, roubara algo. Gritavam que devia ter fugido naquela direção.

Um deles viu Yassin de pé junto a *aabe* em frente ao balcão, apontou para ele e todos começaram a correr em sua direção.

Aabe e Yassin nem tiveram tempo de pensar. Quando os militares chegaram mais perto, o pai de Alì entendeu o que estava prestes a acontecer e teve o instinto de fugir.

Tudo aconteceu muito rápido. Logo que Yassin virou as costas, um dos militares abriu fogo, seguido de perto pelos outros.

Aabe se lançou à frente para jogar Yassin no chão e tirá-lo da linha de tiros, que já tinham perfurado uma parede a poucos centímetros dali.

Depois nos contaram que Taageere ficou o tempo todo com os dois copos de *shaat* na mão, no ar, como se estivesse congelado.

Nesse meio-tempo, a rajada de tiros cessou, rápida como havia começado. Os militares gritaram algo e sumiram virando a esquina, satisfeitos, com a mesma velocidade com que tinham surgido.

Aabe e Yassin se viraram, aliviados, achando que tinham se livrado. Mas, quando tentaram se levantar, perceberam o que havia acontecido. Taageere estava branco feito papel.

Aabe tinha sido atingido no pé direito. E não sentira nada.

O sangue já havia formado uma pequena poça.

Um fogo amigo havia atingido um *abgal* ao invés de um *darod*.

Hodan compunha suas músicas e depois as cantava. Tinha uma voz linda, aveludada. Era um pouco rouca e grave, mas ao mesmo tempo conseguia alcançar notas altíssimas. Quando cantava, seu rosto redondo e liso como o de uma boneca de porcelana parava em uma expressão perplexa, como se estivesse sempre a ponto de revelar algo. Eu a adorava. Queria ser como Hodan, ter a sua beleza, a sua voz. Além do mais, em nenhuma garota os véus caíam tão bem quanto nela. As cores fortes, o amarelo, o vermelho e o laranja, iluminavam seu rosto como um incêndio em uma densa floresta.

Para marcar o ritmo, juntava as palmas das mãos e batia os dedos, como uma concha do Oceano Índico que abre e fecha sem parar seguindo um andamento constante. Cantava na forma poética do *buraanbur*, que fundia, porém, com uma música mais moderna, no estilo de seu conjunto, a Shamsudiin Band.

Compunha suas canções no quarto, sozinha, ou enquanto nós, crianças, estávamos na cama, com o *ferus* aceso esperando o sono chegar, nos demorando nas últimas risadas do dia.

Em determinado momento, todas as noites, Hodan se recolhia, pegava o caderninho e começava a escrever. Escrevia sobre qualquer assunto. Sobre o que a fazia sofrer e sobre o que lhe dava alegria.

Eu a admirava, estudava todos os seus gestos. Ela e eu, na verdade, sempre dormimos grudadas, desde que nasci, quando ela tinha acabado de completar cinco anos. Nossos colchões ficavam dispostos em ângulo reto ao longo do lado do quarto mais próximo da porta, logo depois da entrada. E, desde que nasci, me acostumei a pegar no sono com sua voz em meus ouvidos, que aos poucos se tornava cada vez mais suave, até virar um sussurro.

Talvez tenha sido por isso que sempre dormi bem e que, como todos dizem, tenho fé no amanhã, achando que será melhor que hoje. Foi por causa da voz de Hodan, que me acompanhou no sono desde o meu nascimento.

"Eu te dei todo o meu otimismo de presente", ela me dizia.

Ao contrário de mim, Hodan estava sempre pensativa, sempre tinha algo na cabeça. Só encontrava paz à noite, quando o *ferus* se apagava e ela podia continuar a me soprar suas canções sobre a guerra, sobre a nossa família, sobre o futuro, sobre a corrida, sobre Alì, sobre o ferimento do nosso pai, sobre os filhos que um dia teríamos.

Sempre adormecemos de mãos dadas, as cabeças se tocando. Enquanto eu apertava sua mão, sentia que, aos poucos, sua pegada se tornava mais fraca, mais delicada. Percebia que ela relaxava quando cantava.

Eu sabia que era a primeira a ouvir suas composições e isso me enchia de orgulho. Sentia que ela avaliava em meus sorrisos a qualidade de suas músicas, que falavam todas de uma coisa só: a importância da liberdade e o poder dos sonhos.

Na noite do ferimento de *aabe*, enquanto ele estava no hospital, depois da cirurgia, Hodan havia composto uma canção que o comparava a um grande cavalo alado.

Ela a cantara no meio do quarto, sentada de pernas cruzadas no colchão de Abdi.

Hooyo também estava com a gente. Não a tinham deixado dormir no hospital, pois os leitos não podiam ser ocupados por parentes. O tempo todo chegavam doentes ou feridos por morteiros ou rajadas de metralhadoras. Pequena e serena, *hooyo* estava sentada no colchão da nossa irmã Ubah, bem na minha frente, com os pés apoiados no chão, não de pernas cruzadas como nós. Segurava a cabeça nas mãos e fitava Hodan. Estava perdida em pensamentos, os olhos vagando de um lado para o outro.

Ubah acendera um incenso e seu cheiro forte e doce havia chegado aos cantos do pequeno quarto.

A canção dizia que nosso pai continuaria a voar como fizera até aquele dia, e que voando nos transportaria à idade adulta. Que seus braços eram grandes como as asas de um enorme pássaro e suas pernas, fortes como os troncos das árvores milenares.

Daquela noite, sempre guardei na mente, não sei o motivo, a lembrança das lágrimas que brotavam dos olhos de Said, nosso irmão mais velho, enquanto olhava impassível para a frente. Eu me levantei e, na ponta dos pés, fui enxugar as lágrimas dele.

6.

Desde o dia do ferimento, ficou claro que *aabe* não poderia mais sair para trabalhar. Não conseguia usar o pé, que havia se transformado em pouco mais que um coto. Dali por diante, precisaria se apoiar em uma bengala para andar.

Não seria mais capaz de puxar o carrinho das roupas. Seu futuro se tornaria a casa, o pátio.

Depois de uma vida passada juntos, dia após dia, Yassin se levantaria sozinho, e sozinho caminharia durante uma hora até chegar ao bairro de Xamar Weyne.

O começo foi difícil. *Aabe* se fechou em uma mudez cheia de raiva reprimida. De vez em quando, nas incontáveis horas que passava sentado na cadeira de palha no pátio, era tomado pela ira e arremessava a bengala como se fosse um dardo, com toda a força. Ela batia no muro e acabava no chão. Até que *hooyo* pegava a bengala e a devolvia para ele.

Naqueles dias terríveis, *aabe* ficou em silêncio absoluto, mortificado e estático. Era impossível falar com ele. Expulsava até nós, crianças. Expulsava até a mim, sua pequenina.

Só uma vez deixou escapar uma frase que provocou lágrimas em *hooyo*.

— Sou um objeto inútil, imóvel como um carro sem rodas.

Yassin estava desesperado. No início, fez de tudo para tentar ajudar *aabe*, ofereceu-se até para fazer duas vezes a viagem ao mercado, uma com o seu carrinho e a segunda com o de *aabe*. Depois desistiu; viu que ele precisava de um tempo. Muito tempo, um tempo infinito. Foram necessários três meses.

Uma noite, depois de ter jantado, e enquanto nós, meninas, estávamos brincando de *shentral*, *aabe* pediu a Yassin que fosse pegar o baralho. Estava com vontade de jogar uma partida. Era a primeira vez que dirigia a palavra a alguém desde o incidente.

Yassin, como sempre, estava perto das brasas do *burgico*, fitando as chamas e os estalidos. Quando ouviu as palavras de *aabe*, ele se levantou e, sem abrir a boca, foi buscar as cartas e a mesinha, e as levou para onde estava o amigo.

Jogaram três rodadas de escopa, um jogo que os italianos haviam ensinado a seus pais e que poucos conheciam. Jogaram sem dizer uma palavra.

Então *aabe* venceu, ou Yassin deixou que ele vencesse — isso ninguém nunca soube dizer —, e *aabe*, com seu vozeirão, dando um soco na mesa, disse:

— Vamos brindar! À sua sorte descarada de sempre. Eu perco um pé e ganho na escopa. Que caiam na sua cabeça mil litros de *shaat* fervente.

A partir daquele dia, aos poucos, tudo voltou a ser como antes.

Aabe e Yassin voltaram a ser melhores amigos e, assim como a amizade deles, tudo o mais se encaixou de novo.

Uma noite, quando *aabe* já tinha se acostumado a sair de casa e a andar pelo bairro com a bengala que nunca deixou de detestar, Yassin entrou no quarto de nossos pais. Pouco depois, eles nos chamaram. Yassin queria que ouvíssemos o que ele tinha a dizer.

Com a voz embargada, disse que ficaria em débito com a nossa família por toda a vida e que gostaria de cuidar de nós, mas não sabia como, pois seus recursos mal davam para seus filhos.

Depois tirou um envelope de uma bolsa e o entregou a *hooyo*.

Ela olhou para *aabe*, que fez um sinal com a cabeça; então pegou o envelope e o abriu. Havia dinheiro nele.

— É tudo o que tenho — disse Yassin —, mas, por favor, aceite diante da sua família como símbolo da minha gratidão por ter me salvado, irmão Yusuf.

Aabe olhou para ele em silêncio, com um leve sorriso nos lábios.

— Chame seus filhos, mas antes enxugue essas lágrimas — disse ele, enquanto se ajeitava na cadeira de palha.

Quando Alì e seus irmãos chegaram, *aabe* pigarreou.

— É graças a você, meu amigo — começou —, que ainda estou vivo para chegar à conclusão de que essa guerra não é justa.

Os filhos de Yassin se entreolharam.

Nassir se sentara no chão e Alì se acomodara entre suas pernas. Ele olhava para *aabe* de baixo para cima, sem entender bem o que estava acontecendo.

— Como é possível que meus irmãos possam quase matar um *abgal* como eles? — continuou *aabe*, atraindo a atenção de Alì. — Este coto é a prova de que a guerra não é justa.

Aabe, então, chamou Alì e a mim para o meio do quarto.

Mandou que apertássemos as mãos e nos abraçássemos.

Ficamos perplexos. Alì, reservado como sempre, não desgrudava os olhos dos pés descalços.

Então obedeceu. Estendeu o braço sem olhar para mim.

Apertei a mão dele.

— Agora prometam — continuou *aabe* — que você, uma *abgal*, e você, um *darod*, viverão sempre em paz. Que nunca se odiarão e nunca odiarão os outros clãs.

As mãos ainda unidas, prometemos.

Aabe perguntou se sabíamos que a guerra era fruto de um ódio que torna as pessoas cegas e as sacia apenas com sangue.

Em coro, respondemos que sim.

— Sabem que somos todos irmãos somalis, sem distinção de etnias e clãs? Hein, Samia? Alì? — bradou, como quando estava com raiva. — Sabem disso?

— Sim — disse Alì, com um fio de voz, olhando para o chão.

— Sim — repeti.

Depois, *aabe* pediu a Hodan que cantasse uma música para nós, ali no quarto. Éramos quatorze pessoas fechadas em um pequeno cômodo com dois colchões no chão e paredes de barro, falando de paz e de esperança, enquanto do lado de fora a guerra comia solta.

Esse era *aabe*.

Minha mãe já havia tomado uma decisão, e, de qualquer forma, não havia muitas alternativas.

Ela não gostava de vender roupas de homem; dizia que não era um trabalho adequado para uma mulher. Então, depois de muita insistência de Yassin, resolveu que começaria a comercializar frutas e verduras. No início, Yassin lhe dera suas mercadorias para vender. Depois, aos poucos, começou a atuar sozinha, a comprá-las à noite dos trabalhadores agrícolas do bairro, pelos mesmos preços que Yassin pagava após vinte anos de trabalho.

Algumas semanas depois, *hooyo* acompanhou uma amiga que tinha uma barraca em outro bairro, proibido aos *darod*, mas ainda mais movimentado que Xamar Weyne: Abde Aziz.

E tornou-se vendedora de frutas e verduras.

* * *

Vivemos assim por mais de um ano, mais pobres do que jamais tínhamos sido, até tudo mudar na minha vida e na de Hodan.

Venci minha primeira competição e ela ficou noiva de Hussein, um *darod* de boa família que tocava no mesmo grupo que ela.

7.

O dia em que completei dez anos também foi o da corrida pelos bairros da cidade. A guerra estava cada vez mais violenta, e tudo se tornava mais difícil, até organizar a corrida anual, que, para mim, era a coisa mais importante do mundo. Na verdade, dezesseis meses haviam se passado desde a corrida anterior, e não doze. Com a guerra, até a duração do ano mudou. O tempo se dilatava conforme a violência se arrastava.

Alì, durante todo aquele período, havia sido um treinador competente. Sabia a hora de me obrigar a continuar com os exercícios, mesmo quando eu não aguentava mais, e, além disso, entendeu o que devia fazer para me motivar. Eu havia treinado muito naqueles meses e queria vencer a qualquer custo.

Vencer para mim. Vencer para mostrar para mim e para todos os outros que a guerra podia interromper algumas coisas, mas não tudo. Vencer para fazer *aabe* e *hooyo* felizes.

Aabe deve ter notado minha agitação porque, naquela manhã, me chamou e me disse que sabia que um dia eu me tornaria uma campeã. Nunca tinha me dito nada assim. Havia sido afetuoso, muitas vezes, mas nunca avançara a ponto de me encorajar.

De um bolso da calça de algodão cáqui, pegou uma faixa elástica branca da Nike, dessas de colocar na testa para absorver o suor. Devia ter sobrado entre as roupas que não tinha conseguido vender, amontoadas junto a outras mil quinquilharias no cômodo grande ao lado do quarto de Alì e seus irmãos.

Dei um abraço forte nele. A bengala, apoiada no encosto da cadeira de palha, correu o risco de cair.

— Samia, se você ganhar hoje, prometo que vai participar da próxima competição usando um novo par de tênis — disse, colocando a faixa na minha cabeça como se fosse uma coroa.

Eu não podia acreditar no que estava ouvindo. Um par novo era algo que eu nunca tinha imaginado ter. Corria com os tênis que não cabiam mais em Said, e que já tinham sido de Abdi Fatah e de Shafici.

O pé direito tinha um furo na ponta e a sola do esquerdo estava tão gasta que era como correr descalça. Eu sentia tudo em que pisava: pedrinhas, sementes, galhos, raminhos... tudo. E isso me desconcentrava, porque eu tinha que tomar cuidado para me esquivar de ossos de animais ou de latas de óleo de motor jogados nas ruas, além de evitar as fendas e os enormes buracos no chão.

— Prometo a você que vou fazer de tudo para merecer os tênis novos, *aabe* — falei, enquanto passava os dedos na faixa atoalhada a fim de me certificar de que era real.

— Mas aonde você quer chegar, hein? — perguntou, apertando minhas bochechas com uma de suas mãos grandes e mexendo meu rosto de um lado para o outro.

Ele estava brincando, mas eu levei a coisa a sério, como sempre fazia quando se tratava de corrida.

— *Aabe*, hoje tenho dez anos.

— Sim, é por isso também que, se vencer...

Não o deixei terminar.

— Tenho dez anos e você vai ver que, quando eu tiver dezessete, vou estar disputando uma prova nos Jogos Olímpicos. É lá que eu quero chegar.

Ele começou a rir.

— *Aabe*, vou participar das Olimpíadas de 2008, com dezessete anos. É lá que vou chegar — repeti. — Você vai ver. — Uma pausa. — Na verdade, um dia vou vencer uma dessas provas.

— Certo, então me diga... onde acontecerá a Olimpíada de 2008? Na Somália? — perguntou ele, sabendo bem que não podia ser.

— Não. Na China — respondi, enquanto ainda apalpava a faixa.

— Ah, na China. Então você vai *para a China*?

— Claro, não posso correr daqui a Olimpíada chinesa, *aabe*.

Naquele momento, ele me olhou sério. Finalmente tinha entendido que eu não estava brincando.

— Tudo bem, Samia, acredito em você — disse ele, acariciando meus cabelos. — Se está tão convencida disso, então chegará lá, com certeza.

Depois, ajeitou-se na cadeira, como se quisesse me ver melhor, me observar pela primeira vez com outros olhos.

— Você é uma pequena guerreira que corre pela liberdade — disse. — Sim, você é mesmo uma pequena guerreira.

Enquanto falava, começou a arrumar a faixa elástica na minha testa. Nossos dedos se tocaram.

— Se acredita mesmo nisso, então um dia vai liderar a libertação das mulheres somalis da escravidão à qual os homens as submeteram. Você será a guia delas, minha pequena guerreira.

Era a primeira vez que eu falava sobre as Olimpíadas, e também a primeira vez que isso vinha à minha mente. Nunca tinha pensado no assunto. Porém, assim que falei, nada me pareceu mais real.

A promessa de *aabe* de me dar um presente deve ter sido suficiente para acender algo dentro de mim que eu nem sabia que existia. Suas palavras haviam oficialmente lacrado meu coração.

Naquele dia, Alì me levou até a largada da prova num carrinho de mão. Para que eu não me cansasse. Tentei de todos os jeitos evitar aquilo, mas ele insistiu, dizendo que era meu treinador e que eu devia fazer o que ele mandava.

E, assim, cheguei à largada naquele trono.

Alì tinha organizado tudo: me deixou lá e montou na bicicleta de um garoto do nosso bairro, para poder ir até o estádio e me esperar na linha de chegada.

Era o habitual trajeto de sete quilômetros que eu tinha feito mil vezes, não uma prova de velocidade de curta distância, em que eu era mais forte. Mas eu era magra como um palito e pesava pouco mais que uma pluma, como dizia Alì, e, portanto, tinha algumas vantagens sobre os outros.

— Você tem que aprender a voar, Samia — repetia sempre. — Se aprender a voar, vai derrotar todos.

Eu era tão leve que se aprendesse a pegar carona com o vento seria rápida como um foguete. Essa era a teoria dele.

No início, aquilo me pareceu uma grande bobagem, mas depois refleti melhor. Talvez ele não estivesse totalmente enganado. Eu tinha que tentar me tornar o mais leve possível, direcionar meu peso para cima. Tentar permanecer na margem do grupo, para não ter ninguém às minhas costas, e deixar que o vento me empurrasse por trás. Então, uma vez na dianteira, tudo seria mais fácil. Ninguém roubaria meu ar.

O que ele me pedia era que eu reduzisse ao mínimo o contato dos pés com o chão.

Eu tinha que aprender a voar.

Naquele dia, ao disparo do árbitro da prova, deixei todos os pensamentos de lado. Isso nunca tinha acontecido, mas, desde então, não parou mais de acontecer, cada vez que venci. Minha mente conseguiu ficar vazia e se fixar apenas em coisas positivas.

No meu décimo aniversário, percebi que a corrida me libertava dos meus pensamentos. Assim, metro após metro, quilômetro após quilômetro, a menina magricela conseguiu ultrapassar a maior parte do grupo e se colocar atrás dos quatro mais rápidos.

Na cabeça, eu tinha as palavras de *aabe* e a forma como ele havia ajeitado a faixa atoalhada na minha testa. "Um dia você vai liderar a libertação das mulheres somalis da escravidão à qual os homens as submeteram. Você será a guia delas, minha pequena guerreira."

Cada vez que corri, a partir daquele dia, devorei metro após metro ruminando essas palavras redentoras do meu pai, as palavras de Yusuf Omar Nur, filho de Omar Nur Mohamed.

A libertação do meu povo e das mulheres do Islã.

Naquele dia eu ganhei.

Pela primeira vez. Minha primeira vitória.

A competição terminava com uma volta na pista de atletismo diante de um numeroso grupo de espectadores.

Para todos os eventos esportivos, usava-se o Estádio Konis, que era velho, perfurado de balas, com as tribunas em ruínas e remendadas com tábuas para reduzir os riscos de queda, a pista crivada por estilhaços de granadas.

O estádio novo vinha servindo como depósito para o Exército desde o início da guerra. Em vez de atletas, havia carros de combate e soldados no gramado. Nas arquibancadas, em vez de público, os oficiais.

De longe, enquanto me aproximava do Estádio Konis, exausta, reparei como ele estava decrépito, mutilado pelas bombas.

A quinhentos metros daquela estrutura em ruínas, eu ainda era a quarta colocada.

Ao virar na Jidka Warshaddaha, com a silhueta irregular do estádio delineada no horizonte, ouvi na cabeça a voz de Alì me encorajando a aproveitar o vento que vinha por trás e vencer.

Não sei de onde tirei forças, mas comecei a voar. Ultrapassei os dois caras que estavam à minha frente, um depois do outro.

Na entrada do estádio, minhas pernas quase começaram a tremer quando vi a quantidade de gente sentada nas arquibancadas.

Sentia-se a agitação, a expectativa delas, o fato de estarem ali para ver alguém ganhar.

E eu queria ser esse alguém.

Entrei no estádio na segunda posição. Metro após metro, na pista esburacada, notei que o corredor que estava em primeiro havia dosado mal suas energias. Eu sentia que ainda tinha uma reserva, enquanto ele se arrastava, exausto, perdendo terreno a cada passo.

Então aconteceu o milagre: as pessoas nas arquibancadas começaram a gritar e a me chamar de *abaayo*. Irmã.

Haviam percebido que eu era mais rápida e queriam que eu vencesse. Elas me encorajavam: *abaayo*, *abaayo*.

Cada palavra me dava um impulso a mais.

Depois da primeira curva, eu já tinha alcançado o primeiro corredor, e em quatro passadas o ultrapassei.

Naquele momento, o público se pôs de pé, incrédulo e empolgado. Todos aplaudiam a pequena *abaayo*.

Um aplauso ritmado, que me motivou ainda mais.

Clap-clap. Clap-clap. Clap-clap.

Minhas pernas avançavam como ondas conduzidas por uma energia que não era minha. O público me puxava como uma locomotiva faz com os vagões, ou como as ondas fazem com o mar.

Cruzei a linha de chegada em primeiro.

Eu não conseguia acreditar.

Com os braços levantados, corri os últimos metros após a linha de chegada movida pelo embalo de todos aqueles quilômetros.

Depois me curvei sobre as pernas e senti uma estranha quentura nas bochechas: duas lágrimas indesejadas rolavam pelo rosto da pequena guerreira.

Mais que depressa, enxuguei as lágrimas antes de endireitar o corpo, morta de cansaço, mas cheia de energia. Eu poderia ter dado meia-volta e refeito o percurso todo, do início ao fim.

A multidão ao redor exultava, gritava, animada e feliz.

Enquanto todos faziam festa como loucos, pude ler a mente deles: *É incrível que ela tenha vencido, é apenas uma criança.*

Para mim, era difícil de acreditar também.

Porém, depois de alguns minutos de atordoamento, uma medalha foi colocada em meu pescoço.

Ela estava ali para comprovar que era tudo verdade.

Alì e eu esperamos no vestiário que a multidão deixasse o estádio. Ele falou com um monte de gente que lhe perguntava quem eu era.

Alì se apresentou como meu treinador, e aquilo fez todos rirem, pois ele tinha dez anos. Era alto para sua idade, alto e magro, mas também era só uma criança. Ainda assim, havia anos que se comportava como adulto.

Para voltar para casa, refizemos o trajeto da prova.

Alì me contou o que sentiu quando me viu entrar pelo portão do estádio, e como a multidão ficou animada quando fiz a ultrapassagem. Ele estava todo agitado.

De vez em quando, como costumava acontecer, cruzávamos com alguém que me avaliava da cabeça aos pés e balançava a cabeça ao me ver vestida como um garoto, ou resmungava algumas palavras em voz baixa antes de ir embora.

Mais ou menos no meio do caminho, um homem idoso nos parou. Ele tinha uma barba comprida e o rosto ossudo.

Depois de ter olhado para mim demonstrando desaprovação, começou com a história de sempre.

— Onde estão o *qamar*, o *hijab* e a *diric*, hein, menina? Por acaso você se esqueceu de se vestir hoje?

— Ela é uma atleta, senhor — respondeu Alì por mim. — E acabou de vencer uma competição. Merece o respeito dos atletas.

Era a primeira vez que eu ouvia alguém dizer publicamente que eu era uma atleta.

O velho nos olhou, transtornado, sem saber bem o que dizer.

— E você? Se ela é atleta, o que você é? — perguntou.

— Sou o treinador dela. E porta-voz. Quando esta atleta for conhecida no mundo todo, o senhor vai se lembrar desta conversa.

Naquele momento, nós nos olhamos e explodimos numa risada.

O homem resmungou alguma coisa e se afastou, balançando a cabeça.

Eu tinha virado uma atleta. Pela segunda vez, desde o dia em que Alì decidira ser meu treinador. Porém, desta vez, era mais real.

A tarde já ia alta e o vento aumentara de intensidade de repente. Quando começa a ventar em Mogadíscio, só há duas coisas a fazer: manter a boca fechada para evitar que o pó seque sua garganta e procurar abrigo em algum lugar o mais rápido possível, para não ficar coberto de poeira da cabeça aos pés.

Respiramos fundo e começamos a correr para casa.

Eu não estava cansada, correria mais dez horas seguidas.

De repente, no cruzamento com a grande avenida, vindo do céu, transportado sabe-se lá de onde pelo vento, um exemplar do jornal *Banadir* caiu em cima de mim como um meteorito.

Ele me atingiu no ombro, depois caiu no chão e se abriu, revelando a grande fotografia de um rapaz que logo me pareceu familiar.

Curiosa, curvei-me para pegar o jornal antes que voltasse a voar.

Era o rosto de Mo Farah, o corredor que deixara Mogadíscio quando tinha mais ou menos a minha idade para buscar asilo na Inglaterra, onde um competente treinador estava fazendo com que ganhasse muitas provas importantes.

Desde sempre, ele fora um dos meus mitos, uma referência. Nascido, como eu, na Somália, havia corrido e vencido no mundo todo.

Com frequência, chegavam notícias de suas vitórias e de seu talento. Sempre que ouvia algo pelo rádio, no bar de Taageere, ou alguém me contava sobre Mo Farah, eu era acometida por uma estranha dor no estômago, algo entre raiva por ele ter conseguido escapar dali, e admiração profunda, tão profunda a ponto de me fazer sonhar que seria igual a ele.

A manchete dizia que Mo era um campeão e que a Somália o fizera fugir.

Alì já ia longe, pois tinha continuado a correr. Às pressas, arranquei a página, dobrei-a e o segui em direção à nossa casa.

Enquanto corria, pensei que o rosto de Mo me olhando no meio da ventania devia ser um sinal.

Com a medalha numa das mãos e a folha de jornal dobrada na outra, eu me deixei transportar, leve, pelas rajadas do vento.

Ao chegarmos em casa, Alì contou a todos sobre a minha vitória, e em seguida mostrou o meu troféu a cada um deles.

Hooyo se comoveu, e Hodan e Hamdi zombaram dela, imitando-a no gesto de enxugar as lágrimas com o lencinho e depois no de assoar o nariz, fazendo um som debochado.

Em um canto, perto do muro, estavam Nassir e Ahmed, sentados no chão jogando *griir*. Ahmed. Fazia muito tempo que não o víamos. Ele não vinha mais com tanta frequência ao pátio.

Quando Alì chegou até eles com a medalha na mão, Ahmed sequer levantou a cabeça das pedrinhas. Nassir olhou para o irmão e depois voltou a falar com o amigo.

Alì ficou petrificado. Tanto Ahmed quanto Nassir exibiam um olhar cruel, hostil, e suas pupilas estavam dilatadas.

Yassin havia observado toda a cena da mesinha onde jogava cartas com *aabe*.

— Dê atenção a seu irmão, Nassir — gritou.

Nassir e Ahmed nem deram sinal de estarem presentes.

Continuaram com seus gestos lentos, mecânicos, como se o mundo que os rodeava não existisse, como se todos fôssemos apenas sombras na mente deles.

— Nassir! Eu disse para você dar atenção a Alì! — Yassin gritou mais alto, levantando-se da cadeira com ar ameaçador.

Nassir levantou a cabeça em câmera lenta e falou, bem devagar:

— Eu vi, *aabe*, eu vi, fique tranquilo. É a medalha de Samia. A que ela ganhou hoje. Eu vi. Perdão, mas não me interessa muito. Não se aborreça por tão pouco, volte a jogar.

Yassin fitou-o com rancor, depois com desânimo. Balbuciou algo em voz baixa sobre Ahmed e fez um gesto com a mão como se dissesse *vá para o inferno*. Então voltou a se sentar.

De onde eu estava, pude ouvir Yassin se confidenciar com *aabe*:

— Não consigo sozinho. Sem a minha Yasmin às vezes acho que não tenho como conseguir.

— Não diga bobagens — retrucou *aabe* —, você só tem que proibir Nassir de ver esse amigo.

Depois *aabe* chamou Alì, que tinha ficado parado no meio do pátio.

Sem respirar, Alì aproximou-se de cabeça baixa com a medalha ainda apertada na mão.

Parecia tão pequeno. Mas, de fato, ele era.

Aabe e seu pai tentaram lhe dizer algo que o animasse, mas já não havia mais nada a fazer. Em um instante, havia perdido todo o bom humor. Bastou ver Ahmed.

Então *aabe* bateu as mãos e todos entoaram um hino tradicional à minha vitória.

A partir daquele dia, Ahmed nunca mais apareceu na nossa casa.

Naquela noite, depois do jantar, fizeram uma festa para mim.

Hussein, o noivo de Hodan que havia ficado sentado por todo o tempo perto dela e de *hooyo*, tinha trazido uma torta de gergelim que sua mãe havia preparado para a ocasião.

Se eu vencesse, a torta serviria para comemorar; caso contrário, para me consolar.

Hodan e Hussein já falavam em casamento. Nossas famílias tinham se conhecido e a dele dera a entender que logo pediria a mão de Hodan.

Aabe não precisou pensar duas vezes.

Gostava do rapaz e, além do mais, ele já tinha vinte anos, cinco a mais que Hodan, e também gostava do pai do rapaz, seu futuro consogro. Uma família mais rica que a nossa. Havia concordado de bom grado.

Logo Hodan e Hussein se casariam.

Quando soube fiquei com ciúmes, não queria que alguém levasse embora minha irmã preferida. Mas depois procurei entender; eu via Hodan feliz e estava feliz por ela.

E, além do mais, Hussein era simpático, gentil e estava sempre bem-vestido. Gostou de mim de primeira e me chamava de "campeã".

Naquela noite, todos estavam contentes por mim, mas o mais feliz era *aabe*, que me separou do grupo e beijou minha cabeça, sussurrando em meu ouvido:

— Muito bem, minha menina, eu disse que você ia conseguir.

Depois se levantou, ajudado pela onipresente bengala, e foi para o quarto mancando. Quando voltou, tinha nas mãos uma grande sacola de plástico preta. Dentro havia um par de tênis esportivos. Brancos. E novos, como eu nunca tinha visto.

Eu poderia ter desmaiado de alegria.

Calcei os tênis e comecei a pular como uma boba por todo canto.

Então procurei Alì, meu treinador.

Ele não estava lá.

Yassin balançou a cabeça e fez um sinal em direção ao quarto deles. Alì havia voltado a se fechar. A presença de Ahmed lhe provocava aquele efeito.

Pelo menos desta vez Alì não havia escolhido o eucalipto.

Cheguei perto sem fazer barulho e, pouco depois, entrei no quarto mostrando o par de tênis.

Alì estava em seu colchão, de barriga para baixo, o rosto escondido pelo braço. Tentei falar com ele, mas não me respondeu. Perguntei se ele queria experimentar os tênis, e de novo foi como se não me ouvisse.

Se aquilo não era capaz de tirar Alì daquele estado, nada mais seria. Um par de tênis esportivos novinhos em folha normalmente teria trazido Alì de volta ao normal.

Era tudo culpa de Ahmed.

Eu queria que ele pagasse por aquilo, mesmo sendo bonito, de tirar o fôlego. Mas aquela era a minha festa, eu era uma atleta e naquele dia eu tinha vencido: agora só devia comemorar.

Depois de duas horas de pulos e cantos, eu contava os minutos para ir para a cama e falar com Hodan sobre a folha de jornal que eu tinha enfiado debaixo do colchão.

Naquela tarde, eu havia voltado para casa com uma medalha, mas também com um desafio: um dia eu venceria as Olimpíadas e Hodan se tornaria uma cantora famosa, graças também à família do marido, e comporia o hino de libertação do nosso povo.

Mas nós duas, diferentemente de Mo Farah, faríamos isso na Somália.

Eu conseguiria ganhar vestindo o uniforme azul com a estrela branca. E ela também. Nós guiaríamos a libertação das mulheres, e depois a do nosso país da guerra.

Eu tinha certeza disso. Sentia dentro de mim que juntas possuíamos a energia necessária para mudar o nosso mundo.

Naquela noite, na cama, falei com ela sobre essas coisas.

Hodan apertou minha mão com força e concordou comigo.

Nunca iríamos embora de Mogadíscio. Não fugiríamos. Viraríamos o símbolo da libertação.

Antes de adormecer, enfiei a medalha debaixo do colchão e peguei a página do jornal com a cara de Mo Farah. Molhei os quatro cantos com um pouco de saliva e a grudei na parede de barro, a poucos centímetros da minha cabeça.

Olhando Mo Farah nos olhos, em silêncio, fiz uma promessa para ele também. Eu me tornaria uma campeã como ele. Mas ele teria que me lembrar disso todas as noites.

8.

Alguns meses depois, a poucas semanas de seu aniversário de dezesseis anos, Hodan se casou.

A cerimônia do *aroos* foi inesquecível. Aconteceu em um salão maravilhoso, elegantemente enfeitado, que a família de Hussein havia alugado, como era tradição. Horas e mais horas de comida, de conversas e danças com metade dos moradores do nosso bairro, que, afinal, era o mesmo em que Hussein vivia.

Hodan usou o vestido branco que havia sido da nossa mãe e estava maravilhosa, radiante. Eu nunca a tinha visto tão bonita.

Na noite anterior, eu não tinha conseguido pregar os olhos. Nem um segundo. Ficamos de mãos dadas o tempo todo e, depois que Hodan pegou no sono, eu continuei a pensar que aquela seria a última vez que estaríamos tão próximas, à noite. De manhã, levantei com os olhos inchados de tanto chorar e com olheiras profundas.

Ainda assim, os sete dias de comemoração foram maravilhosos. Eu nunca tinha visto nada tão espetacular na vida.

Nós, meninas, e *hooyo* estávamos coloridíssimas, cobertas de *qamar, diric* e *garbasar* de todas as tonalidades do arco-íris. Véus, véus, e mais véus. Eram impressionantes a leveza, o esvoaçar e a magia deles. Cabelos e corpo cobertos nunca combinaram comigo. Mas, naquele dia, pela primeira vez, senti orgulho em vestir roupas tradicionais.

Mas não pela manhã, quando estava com vergonha de sair do quarto, e todos esperavam no pátio para me ver como nunca tinham visto.

Eu não queria sair. Não tínhamos espelhos no cômodo, mas mesmo sem me ver eu me sentia pouco à vontade.

Estava sentada na beirada do colchão, toda arrumada, quando *hooyo* entrou. Assim que me viu, seus lábios se abriram em um sorriso.

— Você está linda, minha filha. Vamos, fique de pé.

— Eu me sinto ridícula, *hooyo*. Não quero que me vejam assim — falei baixinho enquanto me levantava.

Sem falar nada, *hooyo* saiu e voltou com um véu branco e um grande espelho que pediu emprestado a uma vizinha. Cobriu meus ombros com o véu e, em seguida, arrumou meus cabelos em um coque com a ajuda de uma presilha. Com um lápis, marcou o contorno dos meus olhos e passou um batom vermelho em meus lábios. Fiquei imóvel o tempo todo, como uma estátua.

Hooyo deu alguns passos atrás e repetiu:

— Você está linda, minha filha. Se não fosse a sua irmã se casando, eu diria que você está mais bonita que a noiva.

Então pegou o espelho que havia apoiado na parede e pediu que eu olhasse para ele.

Fiquei admirada com o que vi. No espelho não havia mais uma criança, e sim uma moça com os traços delicados e regulares, lindos.

Era eu, e estava bonita. Eu nunca poderia ter imaginado que isso seria possível.

Assim que surgi timidamente pela porta, Hodan me dirigiu um olhar de pura admiração.

— Você está maravilhosa, minha pequena *abaayo* — disse ela, emocionada, enquanto *hooyo* corria para enxugar suas lágrimas, que ameaçavam borrar a maquiagem.

— É você que está linda, minha querida Hodan e jovem noiva — respondi, com as palavras que são usadas no dia das núpcias. — Não se esqueça de nós.

Nós nos esbaldamos por horas. Até *aabe* dançou com todas nós, suas filhas, sustentado pela bengala, sua fiel companheira.

Depois, *hooyo* e ele dançaram abraçados de um jeito que nunca ninguém tinha visto. Pareciam namorados apaixonados. Mamãe estava radiante com seus véus brancos, rejuvenescida vinte anos em um só dia, como se fosse nossa irmã.

Seguimos assim, entre cantos e danças, até altas horas da noite, com as músicas *niiko* tocadas ao vivo pela Shamsudiin Band. Mas a parte mais emocionante de todo o *aroos* foi a dos cantos de Hodan. De surpresa, ela compôs uma canção para cada pessoa que mais amava. Uma para *hooyo*, repleta de doçura e gratidão; uma para *aabe*, cheia de esperanças e promessas; uma para Hussein, de puro amor; e uma para mim, sua irmãzinha guerreira. À mesa, pegamos os lencinhos e choramos feito bebês até ela parar. Foi um golpe baixo, e ela nos pagaria por aquilo.

Todos, porém, esperavam pelo momento mais divertido do casamento: o dos desafios a Hussein. É uma tradição que serve para demonstrar à família da noiva que o marido será capaz de enfrentar qualquer eventualidade.

O mais animado era um tio dele, um homem engraçadíssimo, baixo e careca, com um bigode fino e comprido.

O pobre Hussein tinha menos de cinco minutos para providenciar um cesto de frutas para a noiva.

Do lado de fora do salão, havia um campo com uma plantação de melancias. Ele voltou com uma única melancia, enorme. Pesava tanto que seus braços quase cederam, o sorriso falhou, as pernas tremeram.

Depois teve que torcer o pescoço de uma galinha. Todos saímos ao jardim para esperar que Hussein reunisse coragem para fazer uma coisa que nunca tinha feito. Seus parentes garantiram que a galinha era muito velha; torcendo seu pescoço, ele só lhe faria um favor. Hussein tirou o paletó e arregaçou as mangas da camisa engomada, enquanto o pobre animal batia as asas desajeitadamente. Eu fiquei de olhos fechados o tempo todo. Os gritos de terror da galinha me deixavam arrepiada. Só abri os olhos de novo no aplauso final.

Como última prova, Hussein teve que demonstrar ser forte e conseguir carregar Hodan no colo até a mesa à qual estavam sentados *hooyo* e *aabe*, à direita da mesa dos noivos, ao longo de um percurso com obstáculos que seus primos tinham preparado enquanto ele se virava com a galinha. Hodan ria, ria, ria, divertindo-se muito, impiedosa.

Tudo foi perfeito; estávamos felicíssimos.

Só que, quanto mais o fim da semana de festejos do casamento se aproximava, mais eu sentia descer sobre mim um véu de tristeza.

Do dia seguinte em diante, minha amada irmã não estaria mais comigo; iria morar na casa dos pais de Hussein. Ela não me botaria mais para dormir, e sim a Hussein. Não seguraria mais a minha mão, não me guiaria em direção aos meus lindos sonhos de esperança e de libertação.

Ela faria tudo isso com ele.

Eu teria de me contentar com as manhãs.

Todos os dias, Hodan e eu continuávamos a nos ver para ir à escola. Nós nos encontrávamos no meio do caminho entre a sua nova casa e a nossa, que não ficava nem a meio quilômetro de distância, e percorríamos juntas o último trecho.

Ela me contava como era ser esposa e viver, aos dezesseis anos, na casa de pessoas que amavam você, mas que, no fundo, continuavam sendo estranhos. Ela me dizia que não tinha escolha a não ser amadurecer. Aquilo me fez concluir que eu não queria me casar de jeito nenhum. A cada dia me convencia de que as únicas coisas com que eu queria me comprometer eram uma pista de atletismo que não tivesse buracos e um bom par de tênis de corrida com travas na sola.

Todas as manhãs, quando nos encontrávamos, Hodan me abraçava e me beijava a cabeça dizendo que sentia a minha falta. Um dia lhe confessei que, desde que ela saíra de casa, eu tinha pesadelos às vezes. Depois ela me pedia notícias de todos, perguntava como estavam *aabe* e *hooyo*, os irmãos; queria ficar a par de cada detalhe, embora, pelo menos uma vez por semana, ela e Hussein jantassem conosco em casa.

Ela precisava saber de tudo, como se estivéssemos a anos-luz de distância. Seus olhos brilhavam de impaciência e nostalgia enquanto eu não lhe contava cada minuto da nossa nova vida doméstica.

A escola que frequentávamos não era grande nem bonita. Tinha as paredes descascadas e as carteiras gastas, mas era uma escola, e eu estava bem nela. Gostava das aulas, principalmente de educação física, em que eu era a melhor, mas também de aritmética e contabilidade. O que eu preferia, porém, eram os teoremas da geometria. Era maravilhoso saber que existiam leis escondidas no interior dos nossos terrenos, nos retângulos dos pátios e nos buracos dos banheiros. Ou, por exemplo, dentro do círculo que os *burgico* deixavam no chão depois das refeições. Parecia algo mágico e me dava uma sensação de segurança. Se havia regras que o explicavam, o universo não podia ser tão perverso. Quem sabe um dia poderíamos descobrir as leis que levavam os homens a fazer guerra, e, nesse dia, nós a eliminaríamos para sempre. Seria o dia mais bonito da história da humanidade.

Mas o melhor acontecia durante o recreio. Hodan e eu sempre tínhamos comido arroz, legumes e verduras; que, principalmente depois que *hooyo* havia começado a trabalhar, nunca faltavam. Já agora, morando em uma casa mais rica que a nossa, de vez em quando Hodan levava um pouco de carne para o lanche. Hussein, como seu pai, era eletricista, e, num país em guerra, levando em conta a quantidade de coisas que é quebrada ou destruída todos os dias, nunca falta trabalho para os eletricistas.

Eu comia em cinco minutos e usava o restante do tempo para brincar. De pique-esconde, por exemplo. Não havia muitos lugares para se esconder, então era preciso empenho. Às vezes, eu ficava sentada junto a um grupo de meninas que comiam ou batiam papo no pátio, torcendo para passar despercebida. Ou atrás do tronco de uma acácia. Ou atrás da grande lata de lixo. Ou atrás das professoras, que riam quando nos agachávamos debaixo do *garbasar* delas. Mas, em todo caso, mesmo quando me descobriam, eu era sempre a mais rápida a alcançar o muro no fim do pátio.

À tarde, Hodan e eu voltávamos para casa sabendo que tínhamos tido um dia produtivo. *Aabe* nos dizia sempre: *"Mangiate la zuppa finché è calda!"* Tomem a sopa enquanto está quente. Mais uma de suas frases em italiano. Tentem aproveitar a escola e pensem que é um privilégio, não uma chatice. Façam isso enquanto houver dinheiro, porque, com a guerra, se vive um dia de cada vez.

Quando, na esquina com a avenida Janaral Daud, tínhamos que nos separar, chorávamos. Ela e eu, todos os dias.

Não importava se nos veríamos de novo na manhã seguinte; não queríamos estar separadas. E, de fato, inventávamos mil desculpas para ficar juntas.

De vez em quando, eu ia vê-la cantar com a Shamsudiin Band. Eram uns dez músicos; encontravam-se três tardes por semana em uma grande sala de concertos, ou o que tinha sobrado dela, na zona do porto velho, perto do mar.

Para chegar lá era preciso virar em uma rua da qual, por um trecho entre as casas, via-se a praia.

Às vezes, fazíamos de tudo para não olhar naquela direção. Havia dias, porém, em que era doloroso demais: eram os dias de sol forte e de céu azul, em que soprava o vento fresco que vinha do mar. Era doloroso principalmente para Hodan, que, quando era pequena, mergulhava na água e brincava na areia, e lembrava como era bom.

Naqueles dias, se estivéssemos felizes ou tranquilas, uma das duas dizia apenas: "Vamos olhar para ele?"

A outra sempre respondia que sim. E então nos escondíamos em um buraco entre aquelas casas, para não correr o risco de topar com algum miliciano, e ficávamos contemplando o mar por uma hora. Nem pensávamos em nos aventurar na areia, como eu fazia com Alì quando era menor.

Ficávamos ali e não dizíamos nada, os *garbasar* encostando no chão branco, em um espaço apertado entre duas casas, olhando o horizonte.

Os raios de sol nas ondas faziam nossos pensamentos voarem. Não precisávamos dizer nada. Naqueles momentos, tudo era exatamente como devia ser, não pedíamos nada mais, nenhuma mudança. Só estarmos juntas para sempre, assim.

Ir ver Hodan cantar era bom. Atrás do palquinho, onde o grupo tocava, estava pendurado um famoso provérbio somali, ou talvez fosse famoso apenas para mim, porque Hodan o repetia sempre: *Durbaab garabkaga ha kugu jiro ama gacalgaaga ha kuu rumo.* "Deixe a música vir; basta que haja música." Era seu lema e sua razão de viver.

Hodan estava sentada em uma cadeira no centro e, com as mãos unidas, marcava o ritmo. De vez em quando, fazia o *sacab*, uma batida mais forte que servia para indicar as pausas para os outros integrantes da banda. Atrás dela estava o tocador de *shareero*, uma espécie de lira, e o de *kaban*, que é o alaúde, e, depois, todos os outros com os tambores e os *shambal*, dois pedacinhos de madeira com um buraco no meio. Ao lado ficava o que tocava o *gobeys*, uma flauta um pouco estranha.

No grupo havia também um tocador de *koor*, o sino que os camelos usavam pendurados no pescoço, e isso me fazia rir no início, porque me parecia um instrumento tão fácil que até um camelo conseguia tocar — não era preciso ser humano para isso.

Quando cantava suas canções, Hodan se transformava.

O semblante relaxava. Logo depois do início de cada melodia, ela se deixava levar pelo som da própria voz, fechava os olhos, sorrindo com uma expressão extasiada.

Quando, ao voltar para casa, eu lhe disse isso, ela ruborizou.

— Você parece em êxtase quando canta. Parece que está no meio de uma relação sexual — falei de propósito, para fazê-la corar.

— Como assim no meio de uma relação sexual? Você não sabe nem do que está falando — disse Hodan virando o rosto para o outro lado, porque sabia que estava vermelha.

— Claro que sei. Alì me conta tudo sobre o que é ter uma relação sexual! O amigo dele, Nurud, disse que já teve uma e que as mulheres, quando estão em êxtase, fazem caras estranhas, como se estivessem rezando para Alá e, de repente, Alá respondesse.

— Bem, diga a Alì que o amigo dele não sabe absolutamente nada do assunto.

— São as mesmas caras que você faz quando canta!

— Quando eu canto não faço cara nenhuma! — Hodan se irritou e disse que, dali em diante, cantaria de costas para o público ou com um saco de papel na cabeça.

Em geral, os ensaios se estendiam por duas ou três horas, e eu logo ficava entediada. Então ia para o fundo da sala e começava a fazer alongamentos, pois, naquela época, Alì insistia que eu tinha de desenvolver os músculos das pernas. Para mim, magra como era, eles sempre pareciam alongados a ponto de se romper.

9.

Desde que Hodan foi embora, Alì aparecia para brincar comigo no colchão dela quase todas as noites. Com frequência, acabava pegando no sono e então acordava de repente, atravessava o pátio e ia dormir no quarto com o pai e os irmãos.

No início, aquilo me consolava pela ausência de Hodan.

Assim que acabávamos de comer, em vez de ficarmos do lado de fora, no pátio, brincando como sempre fazíamos, íamos para o quarto e, à luz do luar, com o *ferus* apagado, conversávamos até meus irmãos chegarem.

Conversávamos principalmente sobre o futuro, como quando éramos pequenos e passávamos as tardes no eucalipto. Mas estávamos mais velhos; eu percebia isso pelas mãos de Alì, que me pareciam enormes. Alì me via campeã aclamada em todo o mundo no futuro. Ele falou que, um dia, em cada canto da Terra, haveria pessoas que viajariam muitos quilômetros só para me conhecer, pedir para tirar fotos comigo e apertar minha mão. Eu ri. Não conseguia imaginar nada daquilo. Argumentei que, se isso acontecesse, eu me sentiria culpada. Viajar tantos quilômetros só para me conhecer não fazia sentido. Então ele pegou minha mão com aqueles dedos compridos e ossudos, e perguntou: "Você consegue imaginar aquela gente toda querendo segurar a sua mão, como eu estou fazendo agora?"

Já ele não ficaria na Somália. Ele me disse que faria como Mo Farah, assim que ficasse um pouco mais velho; porque a Viagem, como todos a chamavam, não podia ser feita aos onze anos. Era perigoso demais. Chegaria ao topo da Europa; com certeza não pararia na Itália nem na Grécia, de jeito nenhum.

Como Mo, atracaria direto na Inglaterra.

Enquanto falava, Alì olhava para a fotografia grudada na parede, o olhar absorto. Um amigo de seu irmão que tinha feito a Viagem lhe dissera que, nos países do norte da Europa, os refugiados de guerra recebiam uma casa e um salário. Mas, para Alì, a Inglaterra continuava sendo a terra das oportunidades, e, além do mais, dizia, lá não fazia tanto frio como na Finlândia ou na Suécia, onde você podia até morrer congelado ao sair para ir ao supermercado.

Nós tínhamos sempre as mesmas conversas; falar do nosso futuro nos tranquilizava, nos fazia bem. E não era só porque às vezes ouvíamos o barulho dos morteiros estourando do lado de fora. Não. A conversa em si era o que importava.

Alì adorava falar e eu amava escutar o que ele dizia. Amávamos o modo como a história tinha se desenvolvido desde que saíra de sua boca pela primeira vez, o modo como se adaptara às coisas das quais ele gostava mais, ou das que eu gostava mais. Era tranquilizador saber como iria acabar, era um bom jeito de passar as noites. Não era como a voz doce de Hodan, mas quase. Naquelas semanas, naqueles meses, Alì e eu dividimos tudo o que tínhamos, sem medo: nós compartilhamos nossos sonhos.

Às vezes, acontecia de brigarmos, como quando ele dizia que, um dia, quando eu fosse campeã, teria vontade de ir embora do meu país.

Ele podia dizer qualquer coisa, menos aquilo.

Eu sabia que um dia tudo mudaria, e também tinha certeza de que eu seria importante nessa mudança. Mas Alì dizia que, no fim, eu cederia. Que também iria para a Inglaterra e, como Mo Farah, correria vestindo o uniforme do país da Rainha. Com aquele uniforme eu venceria as Olimpíadas.

Alì fazia isso para me irritar, e conseguia. Então, quando disse que eu me casaria com Mo e que nós nos tornaríamos o casal de atletas mais famoso do mundo, eu tentei me controlar, mas não consegui. Dei um tapa nele, que riu e me bateu também. Depois me empurrou no colchão, segurou meus braços, montou em cima de mim, imobilizou meus punhos sob os joelhos e me fez cócegas até eu implorar piedade e, com lágrimas nos olhos, lhe pedir que parasse.

— Só paro se você admitir que um dia vai deixar a Somália e se casar com Mo Farah — disse ele, enquanto continuava a me fazer cócegas.

— Não! — gritei.

— Então não vou parar!

Àquela altura, eu não aguentava mais e cedi.

— Tá, tá, tudo bem, tudo bem... vou deixar o país...

— Vai deixar o país e...?

— Vou deixar o país e... me casar com Mo Farah! — falei.

— Viu? Eu estava certo!

Depois explodimos numa risada e fizemos as pazes.

De vez em quando, algum dos adultos, atraído pelos nossos berros, botava a cabeça dentro do quarto. Via que estávamos brincando, dizia algo que nem ouvíamos, e em silêncio voltava para o lugar de onde tinha saído.

Deitados um ao lado do outro, ocasionalmente Alì começava a cantar. Eu tinha lhe contado que gostava quando Hodan cantava, e ele, para implicar comigo, punha-se a dar gritinhos em falsete, com voz feminina. Mas era tão desafinado que na maioria das vezes recomeçávamos a bater um no outro e a fazer a luta das cócegas.

Quando estávamos juntos, Alì voltava a ser o que sempre fora. Só quando estava comigo a melancolia que frequentemente velava seu olhar desaparecia.

Eu estava preocupada com ele.

Muitas vezes tentei perguntar qual era o problema, tentei falar sobre Ahmed, que não apareceu mais lá em casa desde a noite em que venci a corrida anual. Eu lembrei a Alì do encontro da noite de muito tempo atrás, de quando Ahmed nos protegeu dos dois garotos fundamentalistas. Mas Alì nunca comentou nada.

Bastava tocar no assunto, que ficava deprimido. Com isso, Alì vencia, e nós não conversávamos sobre aquilo.

Nunca conversamos sobre aquilo, por dois anos inteiros.

10.

Durante o dia, porém, por dois anos, Alì continuou a ser meu treinador. Ele tinha ido à velha biblioteca da cidade e reunido todos os manuais de atletismo que encontrara. Durante meses, todas as tardes, ele me obrigou a ler esses manuais no pátio. Assim também tivemos sucesso onde havíamos falhado antes: Alì, graças à paixão pela corrida e pelo treino, aprendeu a ler.

Ele dizia que, se o coração era o motor, e o fôlego, a gasolina, os músculos eram os pistões e deviam ser fortes, bastante resistentes e reativos.

No pátio, à tarde ou à noite, quando todos já estavam em seus quartos, ele me fazia correr os tiros, as arrancadas de trinta metros, de um lado para o outro, em velocidade máxima. Até cem vezes seguidas. Eu partia do muro dos fundos e corria até tocar o da entrada. Depois me virava e fazia a mesma coisa na direção contrária. E depois de novo, e de novo, até desabar no chão, exausta.

— Chega, por favor — eu implorava, encharcada de suor.

— Samia, você se lembra da primeira regra? Não reclame e faça tudo o que eu mandar — dizia Alì, sentado à sombra na cadeira de palha que *aabe* usava à noite. Eu o odiava.

— Não, já chega, estou muito cansada. — Eu tentava sensibilizar Alì me jogando no chão e fingindo desmaiar.

Nesses momentos, Alì me obrigava a me levantar e a fazer aquilo mais dez vezes, a terra grudada no corpo. Por fim, uma volta completa pelo pátio para voltar à calma.

Para fortalecer os músculos dos braços, ele improvisou alguns pesos enchendo de areia latas ou garrafas de plástico encontradas na rua ou no mercado de Bakara. Ele gostava muito de ir ao mercado, amava estar em lugares lotados em que milhares de pessoas falavam ao mesmo tempo e se moviam de um lado para o outro como formigas atarefadas. Já eu não gostava nem um pouco. E não só por causa da multidão, que eu detestava, ou pelo fedor de suor que se acumulava sob as lonas de plástico azul penduradas acima das barracas a fim de protegê-las do sol quente, mas também porque Bakara me dava medo. Não só era o maior mercado, mas o lugar da cidade em que ocorriam mais atentados. Os matadores dos clãs e os extremistas do Al-Shabab também gostavam de toda aquela gente junta.

Eu nunca queria ir, mas Alì, que não tinha medo de nada, inventava mil desculpas para voltar lá.

Foi assim que ele inventou os pesos.

Havia latas de refrigerante de 330 ml, garrafinhas de meio litro, garrafas de um litro e meio, e aquelas de dois litros. Todas cheias de areia da praia.

Para as pernas, ele havia construído com quatro pedaços de madeira uma espécie de pequeno andaime sobre o qual pendurava os vários pesos, de acordo com o exercício que eu deveria executar. Ele me punha sentada em uma cadeira, colocava aquela estrutura sobre uma das minhas coxas e pedia que eu a levantasse. Ou, de pé, posicionava-a no tornozelo, que eu devia levar em direção à coxa. Eram pesadíssimos. Minhas perninhas finas faziam um esforço imenso. Continuávamos assim até eu implorar piedade, e ele, movido pela compaixão, me liberava.

Pensar que fizemos tudo isso quando tínhamos treze anos me parece inacreditável.

Mas foi o que fizemos.

* * *

Apesar disso, apesar de toda a nossa amizade, em um dos piores dias da minha vida eu o traí.

Fiz por medo, mas ainda assim o traí.

Nesse dia, Alì não tinha ficado marcando meu tempo porque precisou ajudar o pai no trabalho. Seu irmão Nassir, que costumava ir com *aabe* Yassin, não estava em casa naquela tarde.

Eu tinha saído às escondidas e dado uma pequena volta no quarteirão. No trajeto de volta para casa, estava em uma ruela com três habitações abandonadas quando — bem na metade do caminho — notei um rapaz com as costas apoiadas no muro e o olhar fixo no chão. Usava óculos escuros e uma daquelas camisas pretas dos extremistas, mas estava desarmado; nada de metralhadora, nada de fuzil.

Tentei fingir que não era nada.

Quando passei diante dele, o rapaz me chamou, com uma voz delicada, quase amigável. Talvez eu estivesse cansada da corrida, mas interpretei assim o tom de voz dele.

— Samia.

Eu me virei e olhei para o rapaz. Não o conhecia.

Como sabia meu nome? Virei-me de novo e fiz menção de seguir em frente.

— Samia, pare! Não se preocupe, sou amigo.

Não podíamos confiar em ninguém. *Aabe* repetia isso desde o dia do nosso nascimento. Tentei seguir, mas o garoto continuou falando.

— Pare, só quero perguntar uma coisa a você.

Ele era alto e magro, tinha os ombros largos. E a pele escura. Um volume de cabelos pretos desgrenhados e a barba comprida dos fundamentalistas cobrindo o rosto.

Afastou-se do muro e deu um passo em minha direção.

— Onde está seu amigo? — Seu tom agora era seco, decidido.

— Que amigo? — perguntei, tentando manter a voz firme.

— O que está sempre com você, dia e noite.

Fiquei com medo.

Ele havia escolhido aquele lugar e aquela hora porque sabia que era difícil alguém passar por ali; quem trabalhava estava fora trabalhando, e aquela viela era deserta.

— Não tenho nenhum amigo, estou sempre com minha irmã — respondi depois de uma leve hesitação.

— Não me enrole, sei muito bem que Alì é seu amigo. Disso eu já sei. Agora só preciso saber onde ele está — falou num tom áspero, enquanto se afastava do muro e avançava na minha direção.

— Não sei...

— Você é atleta, não é, Samia? Gosta de correr, certo?

Seu tom tornara-se ameaçador; a essa altura já estava a poucos passos de distância de mim. De perto era ainda mais alto do que me parecera, os ombros ainda mais largos e robustos. O sol se refletia nas lentes escuras em dois pontinhos luminosos.

— Sim, sou atleta — respondi, a voz trêmula.

O garoto levou a mão direita às costas, enfiou-a sob o cinto, e tirou de lá uma faca com um palmo de comprimento.

Dei um passo atrás, até acabar com os calcanhares encostados no muro oposto. Olhei para os dois lados, mas não havia ninguém; as casas estavam desertas.

Ele esticou o braço, apontando a lâmina para a minha perna esquerda, depois se aproximou mais. Era muito mais alto que eu. Não daria para eu fazer nada.

Fiquei petrificada. Mesmo se quisesse me mexer, meu corpo não respondia a nenhum comando.

— E uma atleta precisa das duas pernas para correr, não é?

Eu tremia, não sabia o que dizer, estava aterrorizada.

— Sim, das duas... — respondi.

— Então, se não quiser perder uma delas, me diga onde está Alì. Não se preocupe, não vou machucar seu amigo. Só quero bater um papinho com ele. Saber onde está e bater um papinho com ele.

— Mas eu não sei onde Alì está.

— Pois eu acho que você sabe. — Deu outro passo à frente, até encostar em mim. — E então?... — A lâmina da faca estava agora em contato com a minha pele. Eu a sentia acima do joelho.

— Não sei onde Alì está...

Ele fez uma leve pressão e a lâmina arranhou minha pele. Imediatamente, um risco de sangue de uns 15 centímetros de comprimento surgiu acima da rótula. Com o outro braço, ele me apertou embaixo do pescoço, me mantendo pressionada contra a parede, o rosto a poucos centímetros do meu. Eu sentia o cheiro de sua água-de-colônia e via meu rosto refletido nas lentes, deformado.

— Você não sabe... — Aumentou a pressão. — E por acaso sabe o que uma lâmina faz quando entra fundo na carne? Primeiro corta o tendão, depois o músculo e por fim o osso.

Nesse momento, ele afastou a lâmina e, sem soltar a faca, com a mesma mão, tirou os óculos e os botou na cabeça.

Eu o reconheci. As pupilas dilatadas, os olhos vermelhos, tão próximos dos meus. Verdes como esmeraldas. Três anos haviam se passado desde a última vez que eu o vira. Ele se tornara um homem. Àquela altura, devia ter vinte anos.

Ahmed. Ele de novo; o destino fazia umas brincadeiras horríveis. Como naquela noite, muitos anos antes, em que pegou a mim e a Alì de surpresa, ele ressurgia agora do nada, ameaçando cortar uma das minhas pernas.

A sombra que durante todos aqueles anos havia ficado entre nós, entre mim e Alì, levando embora o sorriso do meu melhor amigo, agora estava na minha frente, em carne e osso.

Ahmed baixou a lâmina de novo e voltou com a fazer pressão na minha perna com ela. Eu sentia uma dor fortíssima e tinha medo.

Tentei de todos os jeitos me controlar, mas caí no choro. De repente, como um chafariz.

Eu não queria perder a perna, não queria, de todo o coração. Nunca mais correria na minha vida, seria o fim dos meus sonhos, o fim da minha libertação, o fim de tudo.

— Você só tem que me dizer onde Alì está...

— Ahmed...

— Vamos, Samia, coragem...

Ele continuava a fazer pressão com a lâmina e a me sufocar apertando meu pescoço com o outro braço. Comecei a tossir, mas a garganta estava comprimida. Comecei a expelir catarro pelo nariz. Eu estava sufocando e minha perna queimava como fogo.

— Vamos, você consegue... A menos que queira dizer adeus a seu joelho.

Ele apertou muito forte e a lâmina entrou alguns milímetros na carne. Achei que fosse desmaiar de dor. Foi como se ele tivesse enfiado uma lenha em brasa na boca do meu estômago. Eu só queria que tudo acabasse.

— Vamos, Samia...

Eu encarava Ahmed, os olhos arregalados a um centímetro do meu rosto, sem conseguir respirar.

— Sabe que você virou uma garota bem bonita, Samia? — sussurrou com uma voz diabólica enquanto colocava um dos joelhos entre as minhas pernas.

Entendi o que ele tinha em mente. Cedi.

— No mercado... — Saiu quase sem querer.

Ahmed mostrou os dentes num sorriso sinistro.

— No mercado, *onde*? Em Bakara? Em qual mercado?

— ...no mercado com Yassin... seu pai... em Xamar Weyne...

— Muito bem, Samia. Muito bem. Eu lembrava que você era uma boa menina. Boa e bonita.

Ele me soltou de repente e eu desabei no chão feito um saco de feijão.

Como se nada tivesse acontecido, num instante, Ahmed se afastou, sem dizer mais nada.

Eu me levantei, ainda atordoada, e corri para casa.

Sem dizer nada a ninguém, lavei o arranhão e esperei sentada no chão, encostada na parede do quarto de Alì, rezando para que ele aparecesse o quanto antes, no pátio, junto com o pai. Que tudo estivesse normal, que o que tinha me acontecido fosse apenas fruto da minha imaginação.

Mas era tudo real. O que eu tinha feito me consumia.

Se *hooyo* tentou me dizer alguma coisa, eu nem escutei. Estava aterrorizada com a ideia de ter traído meu melhor amigo. Eu me sentia má, uma estranha. Tinha a sensação de que também seria capaz de trair minha mãe, Hodan, *aabe*. Qualquer um. Até a mim mesma.

Por volta das 18h, finalmente, Alì e o pai apareceram. Aquele peso que estava me matando sumiu. Procurei algum sinal nos olhos de Alì, mas não havia nada, a não ser o habitual véu de tristeza.

Assim que chegou, foi para o quarto de cabeça baixa. Passou ao meu lado quase sem me cumprimentar.

Eu o segui e contei o que tinha acontecido. Falei que estava em perigo, falei sobre Ahmed, mostrei a ele o ferimento na coxa.

Alì não ficou surpreso.

Em vez disso, falou algo inesperado:

— Nassir deixou a nossa casa. Meu irmão foi embora.

Fiquei perplexa.

— Como assim, deixou a casa de vocês? O que isso significa?

— Ontem à noite, depois do jantar, ele confessou a *aabe* que entrou para o Al-Shabab. Ele o frequentava havia anos. Isso nós sabíamos. Só que ontem ele disse que queria entrar para a escola corânica, fazer parte da organização ativamente. Decidiu seguir Ahmed.

Permaneci em silêncio enquanto Alì chorava. Depois que se acalmou, ele me disse para não me preocupar, que Ahmed não lhe faria nada, Nassir o protegeria.

Mas havia um brilho estranho nos olhos de Alì enquanto ele falava. Como se estivesse exaltado, inspirado. Um brilho que eu nunca tinha visto nele, e que me assustou.

Ficamos em silêncio; depois ele me perguntou se eu podia deixá-lo um pouco sozinho.

Saí do quarto e fui até *hooyo*, que, no pátio, começava a preparar o *burgico* para o jantar. Tentei fingir que nada tinha acontecido, perguntei à minha mãe se podia ajudá-la, mas meus gestos eram atrapalhados como os de um elefante.

Pouco depois, Alì saiu e subiu no eucalipto com aqueles movimentos precisos, silenciosos e ágeis que o faziam parecer um gato, ou um macaco. Conhecia aquela árvore de cor, sabia onde apoiar os dedos dos pés descalços sem nem olhar.

Em um instante chegou ao topo.

O lugar onde ninguém podia alcançá-lo. O seu lugar. Talvez o único. Desceria quando estivesse bem.

Embora ele dissesse para não me preocupar, eu estava muito triste. Tinha traído meu melhor amigo e aquela sensação agora queimava mais que a lâmina. Naquela noite, vendo Alì subir depressa na árvore, com seus movimentos fluidos e perfeitos, eu me senti ainda mais sozinha do que quando estava diante de Ahmed, que queria cortar minha perna.

Fiquei ali embaixo, apoiada na parede de seu quarto por um tempo, esperando por ele. Depois fui para a cama, a cabeça coberta por uma nuvem negra.

11.

Alguns dias depois, tudo voltou ao normal e, como sempre, Alì e eu evitamos falar sobre o que tinha acontecido. As coisas se ajeitaram num silêncio que contentava a ambos.

Essa foi a época em que comecei a vencer de verdade. Participei de todas as competições organizadas na cidade e nos arredores, aquelas em que a inscrição era gratuita, e cheguei em primeiro em quase todas.

Logo senti a necessidade de buscar outros desafios e me inscrevi em competições abertas aos atletas do sul da Somália. Ganhei lá também.

Todos se perguntavam como era possível que uma garotinha magra como uma acácia recém-plantada e com duas perninhas que pareciam raminhos de oliveira pudesse vencer. O fato era que eu vencia — e basta. Era mais rápida que os outros. Pelo menos que aqueles contra os quais eu competia.

Com os meses, entendi que minha especialidade eram os 200 metros.

Era lá que eu conseguia dar o máximo. Mas até nos 400 eu me sentia segura. Não tinha os músculos adequados para dar tudo de mim em apenas 100 metros, precisava de uma distância um pouco maior para botar para fora a raiva e deixar que as palavras de *aabe* tomassem forma na minha cabeça. Não conseguia fazer isso assim que largava. Ali, havia apenas o impulso. Uns três ou quatro segundos depois, porém, a promessa que eu tinha feito a *aabe* se manifestava e eu vencia.

Todas as vezes.

Eu queria me tornar a melhor velocista da Somália, o que significava ir correr no norte, em Hargeisa, na Somalilândia. Mas não era fácil, porque precisava de alguém que me acompanhasse; eu não tinha dinheiro, Alì também não. E, depois, o norte se declarara independente; diziam que detestavam a guerra e, portanto, quem quisesse ir para lá, mesmo que só para uma competição, não era bem-visto pelos grupos armados.

Além disso, justo na semana em que Nassir decidiu seguir Ahmed, tudo mudou em Mogadíscio.

O Al-Shabab ficou mais poderoso e começou a se falar na abertura das Cortes Islâmicas, sob a alegação de pôr um fim à guerra; mas, na verdade, isso significava apenas uma vitória para os fundamentalistas.

A vida na cidade, em poucas semanas, tornou-se impossível. Principalmente para as mulheres, mas não só para elas.

Então, num único dia, aconteceu o que nunca deveria acontecer em lugar nenhum.

Um dia, um dia como outro qualquer, sem nada no horizonte, nem cataclismos, nem revoluções.

Em um dia, tudo mudou.

De um dia para o outro, foi proibido ouvir música. Não era mais permitido, nem nas ruas, nem nas casas. Os poucos que possuíam rádio deviam mantê-lo em volume baixíssimo, porque, se algum som chegasse do lado de fora, correriam o risco de linchamento público.

De um dia para o outro, todos os cinemas foram fechados. Não que eu jamais tivesse tido dinheiro para ir a um, mas a esperança de que isso fosse acontecer, essa existia, e por si só já valia a espera. E, além disso, sempre havia uma colega de turma mais rica que ia às sextas com a família e voltava com aquelas histórias maravilhosas e mágicas. O cinema criava e alimentava sonhos, e por isso foi fechado.

De um dia para o outro, os homens foram obrigados a usar calça comprida; não podiam mais ser vistos na rua de calça curta. E também deviam raspar o cabelo com máquina zero, ou usá-los longos, em estilo afro, as barbas compridas. Os meios-termos não eram mais aceitos.

As mulheres não podiam fazer mais nada. Corriam risco só de andar pela rua. Tentar fazer isso sem burca era um perigo que podia custar a vida.

De um dia para o outro, as tradições do nosso país mudaram. A terra do sol e das cores se transformou em um campo de treinamento para extremistas a céu aberto. Todos os nossos *garbasar*, os *jamar*, os *hijab* coloridos não serviam mais. Podiam ser usados para lavar o chão. Tínhamos a obrigação de usar a burca preta, a que deixa apenas os olhos à mostra.

Mas, a pior coisa, porque parecia um castigo, foi a decisão de manter apagados os poucos postes de luz que à noite iluminavam algumas praças do centro e algumas ruelas.

À noite, muitos se reuniam nas praças, sob os postes, para ler. Poucos tinham eletricidade em casa. Em vez de ler à luz fraca do *ferus*, muitos passavam a noite sob as estrelas lendo um romance, um jornal velho ou quem sabe uma carta, um cartão de amor.

Aqueles lugares eram a nossa biblioteca a céu aberto. Agora, assim como a verdadeira biblioteca, tudo era impedido, eliminado, proibido.

O Al-Shabab tinha conseguido acabar com a esperança de um povo inteiro. Tudo o que até esse dia havia sido difícil de realizar, mas possível, tornara-se impossível. O sonho, a esperança e a liberdade haviam sido apagados com um único gesto.

De um dia para o outro.

Na noite anterior, *aabe* podia vestir sua calça cáqui curta, tipo aquelas coloniais que os italianos haviam importado e que todos os homens usavam, principalmente nos dias de muito calor. Na manhã seguinte, estava proibida: se ele encontrasse guardas do Al-Shabab na rua, correria o risco de apanhar na frente de todos.

A mesma coisa para *hooyo*, que tivera de providenciar uma burca para ir trabalhar; ela que a odiava tanto quanto todas nós odiávamos, apaixonadas como éramos por nossas cores vivas, os véus e os *garbasar* vermelhos, amarelos, verdes, azul-escuros, roxos e de cor laranja, que, para nós, sempre haviam representado a essência da terra e da feminilidade.

De um dia para o outro, burca preta para todas.

E para mim e Hodan foi difícil.

Nada de canções com o grupo, nada de canções em lugar algum, nada de hinos pela liberdade e pela paz.

E nada de corridas.

Em uma daquelas noites, Hodan havia ficado para comer com a gente em casa. Depois do jantar, *aabe* e *hooyo* disseram que queriam falar conosco. Nossos irmãos permaneceram do lado de fora lavando as tigelas e a panela do arroz; assim, em silêncio, entramos no quarto deles.

Aabe estava sentado na única cadeira e nos fitava, nervoso, sem deixar em paz a bengala, que passava de uma mão à outra. Era a primeira vez que o víamos tão agitado. Já *hooyo*, coberta até a cabeça pelos leves véus brancos que, até aquele dia, nunca havia usado em casa, tomou lugar no colchão e continuou a alisar alternadamente a saia, esticada à perfeição sobre as pernas, e o lenço de tecido branco que tinha sobre as coxas.

Hodan e eu demos as mãos, apertando com força.

Sem que fosse preciso dizer nada, nós duas tínhamos medo que nos proibissem de fazer o que amávamos. Que nos dissessem que tudo se tornara perigoso demais, que ninguém podia mais tomar a liberdade de se comportar como desejava. Até porque quem pagaria seriam os familiares. Esses eram os métodos do Al-Shabab, a punição exemplar para os irmãos ou para os pais.

Eu tremia, sentia arrepios de febre, tinha frio apesar dos trinta graus. Se *aabe* nos mandasse parar, o que faríamos? Iríamos chorar no colo de *hooyo* pedindo piedade, como fazíamos quando éramos pequenas. Mas desta vez não adiantaria nada.

Tínhamos somente dois caminhos: obedecer ou desobedecer.

E desobedecer seria como ir embora de casa para sempre.

Mas *aabe* era *aabe*. Sem precisar ouvir uma palavra, com aquelas suas mãozonas que brotavam das mangas da camisa de tecido bege e apertavam nervosamente a bengala, ele tinha lido os pensamentos que haviam aflorado em nossos rostos.

Levantou-se da cadeira e lentamente veio ao nosso encontro.

Apoiou a palma da mão primeiro na minha testa, depois na de Hodan.

— Minhas filhas, tudo o que até ontem era normal, hoje é complicado.

Seu tom de voz era severo. Hodan e eu nos entreolhamos. Sabíamos o que ele diria. Era o fim dos nossos sonhos. Podíamos parar de imaginar sabe-se lá qual futuro; a realidade havia caído sobre nós como um balde de água fria.

Juntas, baixamos os olhos fitando os dedos dos pés descalços, brancos de terra.

Depois de uma pausa, *aabe* continuou.

— Mesmo assim, sua mãe e eu acreditamos que vocês devem continuar a fazer o que fazem, se o que fazem é o caminho de vocês e as torna felizes.

Dos meus olhos e dos de Hodan caíram no mesmo instante lágrimas silenciosas.

— *Hooyo* e eu sempre as apoiaremos, com Cortes Islâmicas ou sem Cortes Islâmicas. Com ou sem Al-Shabab.

Hooyo, no colchão, chorava como fazia quando não queria ser notada; assoava o nariz sem parar, como se estivesse resfriada, mas desde pequenas sabemos que ela não tem nada.

— Só devem saber que o que fazem é arriscado e não é bem-visto. Não apenas pelos fundamentalistas, mas por muita gente, que se deixará influenciar e pensará que vocês são loucas. Sabem disso?

— Sim — respondi, os olhos ainda brilhando.

— Sim, *aabe*, nós sabemos — disse Hodan.

— Então são livres para construir o futuro de vocês. Sua mãe e eu temos consciência de que têm um dom. Vão e abracem aquilo a que têm direito, minhas filhas.

Àquela altura, estávamos chorando de soluçar. *Aabe* nos deu um abraço apertado e nos pediu que saíssemos. *Hooyo* e ele queriam ficar um pouco sozinhos.

Antes de sairmos do quarto, porém, ele chamou:

— Hodan...

Ela se virou, já na porta.

— Fale, *aabe*.

— Assegure-se de que o pai de Hussein pense do mesmo jeito.

— Obrigada, *aabe*.

Saímos ao pátio, ao ar e à luz, deixando nossa mãe e nosso pai na escuridão do quarto se perguntando se tinham tomado a decisão certa.

12.

Nas semanas seguintes, porém, as coisas continuaram mudando. Nossas vidas de somalis estavam destinadas a se transformar para sempre.

Certa manhã, sem aviso, Alì e sua família foram embora.

Fui acordada ao nascer do sol, assim como meus irmãos, por ruídos que vinham do pátio. Saímos todos de pijama, descalços e sonolentos. Mal tive tempo de vê-los subir em um caminhãozinho verde com uma caçamba enferrujada que *aabe* Yassin pedira emprestado a não se sabe quem, antes de partirem para sempre. Foram embora, sem nem saber para onde.

Yassin, Alì e seus irmãos tinham passado a madrugada carregando aquele furgãozinho desengonçado com grandes caixas nas quais tinham conseguido enfiar toda a vida deles.

No dia anterior, o clã *hawiya*, do qual fazíamos parte como *abgal*, havia comunicado que firmara uma espécie de aliança com o Al-Shabab; parecia que não queriam entrar na guerra. Isso significava, porém, que os *darod* do nosso bairro estavam em perigo, porque Bondere era uma zona *abgal* e as famílias *darod* tinham continuado a morar ali apenas porque eram protegidas por amigos *abgal*. Ninguém faria mal a *aabe* Yassin; todos sabiam que era o melhor amigo do nosso pai, que eram como irmãos.

Mas, naquela noite, ao mesmo tempo, dezenas de famílias haviam tomado a mesma decisão. De novo, de um dia para o outro, o Al-Shabab mudava a minha vida.

A manhã estava inundada por uma luz surreal. Ao amanhecer, a bruma cheia da umidade do mar parecia povoada por muitos fantasmas. As pessoas do meu bairro estavam emigrando para lugares que ainda não conheciam. O importante era escapar o mais rápido possível. Deixar para trás a própria história.

Hooyo, como quase todos os nossos vizinhos, não tinha ido trabalhar. Os integrantes do Al-Shabab podiam vir e conferir casa por casa. Todos devíamos estar presentes.

Quando me aproximei do furgão, Alì estava sentado no banco de trás, perto da janela, e olhava para baixo. *Aabe* Yassin estava na frente, ao lado do motorista, um amigo dele e de *aabe*. O motor já estava ligado. Dei pancadinhas no vidro e Alì se virou. O véu de melancolia havia coberto seu rosto. Não tinha mais olhos. Era uma máscara de cera, a máscara da ausência.

Olhava na minha direção, mas focalizava um ponto acima, enquanto eu, do outro lado do vidro, lhe fazia sinal para abaixar a janela. Alì não me ouviu, parecia absorto. Eu me virei para seguir o olhar dele.

Alì fitava o topo do eucalipto.

Só quando o caminhãozinho se moveu ele me encarou. Parecia estar chorando. Finalmente.

Alì, *aabe* Yassin e seus irmãos fizeram parte da minha vida desde que nasci e, como fantasmas, numa fração de segundo, estavam desaparecendo.

A família de Hussein tinha tomado a mesma decisão. Eles também eram *darod* e não havia mais espaço para os casamentos mistos. Tudo o que havia sido conquistado em décadas evaporara em um só dia. Tinham decidido partir, como a maior parte dos *darod*.

Em poucas horas, Hodan se viu obrigada a tomar uma decisão dolorosa.

Partir ou ficar.

Após uma noite de sofrimento, ela resolveu ficar com a gente. O que aconteceria com seu casamento foi uma questão com a qual ela não teve tempo de lidar. Às vezes, as decisões mais pesadas são carregadas em uma simples lufada de vento. E nós com elas, fracos estranhos. Pelo menos foi isso o que aconteceu naquela manhã.

Algumas horas depois da partida de Alì, Hodan voltou para casa. Com as poucas coisas que tinha levado após a cerimônia do *aroos*. Não muito, só o essencial.

Quando a vimos aparecer no pátio com aquela pequena mala vermelha de papelão que muitos anos antes tinha sido de *hooyo*, Hodan disse apenas:

— Voltei. Hussein foi embora.

Hooyo correu para abraçá-la, e todos os outros atrás dela.

Num piscar de olhos, eu tinha perdido meu melhor amigo e reencontrado minha irmã.

Mas o destino podia fazer o que bem quisesse comigo. Eu sabia muito bem aonde queria chegar. O vento sempre enfrentou dificuldades com meu corpo magro. Fui *eu* que sempre o desloquei, enquanto corria. Fui eu que aprendi a usar o vento para me dar impulso, para me fazer voar.

O que fiz, naquela manhã, foi abraçar Hodan, chorando de alegria e ao mesmo tempo derramando as lágrimas amargas que ainda rolavam por Alì.

Então, imediatamente, recomecei a treinar.

13.

Eu tinha ficado sem treinador aos quatorze anos e a seis meses da prova mais importante da minha vida, a de Hargeisa. A que eu devia vencer se quisesse ser a mais rápida, para depois ir a Djibuti correr pela primeira vez pelo meu país. Só de pensar nisso ficava tonta; eu tinha de conseguir, a qualquer custo.

Não havia mais ninguém que marcasse meus tempos, ninguém que me mandasse fazer os exercícios para as pernas e os braços. Ninguém que vigiasse se eu trapaceava nos tiros ou nas abdominais.

Desde o momento em que Alì partiu, eu me perguntava onde ele estaria, o que estaria fazendo. Enquanto corria, ouvia sua voz zumbindo em meus ouvidos. *Não faça isso, não faça aquilo. Levante mais os calcanhares, mantenha os braços firmes. Tente coordenar a respiração com os passos. E sorria! Quando alcançar a linha de chegada, sorria, Samia!*

Eu nunca fazia isso. Não me preocupava em sorrir. Ao fim da prova, eu estava cansada e havia um monte de coisas que eu tinha errado. Sabia que existia uma margem de melhora e eu só queria trabalhar nisso. Ao cruzar a linha de chegada, nem saborear a vitória eu conseguia. Começava a pensar na competição seguinte e a corrigir mentalmente os erros.

Além disso, eu também tinha um pouco de medo. Medo de que no meio do público existisse alguém que não gostava de garotinhas que se exibiam. Mas Alì sempre me pressionara e insistira que era importante sorrir. "É como cumprimentar o público", dizia.

* * *

À noite, antes de dormir, com o *ferus* ainda aceso, eu me perdia fitando a fotografia de Mo. Olhava para ele e lhe fazia perguntas. Said zombava de mim, dizia que eu falava com o papel.

— Samia, de novo falando com esse jornal?

— Não estou falando com jornal nenhum — eu respondia irritada. Mas estava falando com a folha já desgastada de um periódico.

— A tinta mancha, mas não fala — continuava Said.

Quando todos os outros irmãos riam, eu despertava do torpor. Hodan então me dava um beijo na testa e me dizia para não ficar zangada, que Said estava brincando. Sim, estava brincado, mas tinha razão. Eu olhava Mo, aquela foto em que ele estava prestes a cruzar a linha de chegada, os olhos agitados e dilatados pelo esforço, mas serenos e satisfeitos por mais uma vitória, e lhe pedia em voz baixa que me tranquilizasse. Que me dissesse que um dia a mesma coisa aconteceria comigo. Que eu também venceria com aquela expressão de serenidade e esperança nos olhos.

Ainda assim, vencer serenamente me parecia impossível. Cada vitória era ao mesmo tempo um pecado; eu sabia que desagradava a muitos. Claro, eu fazia de tudo para não ligar, ia em frente pelo meu caminho sem olhar para o rosto de ninguém, sem nem sorrir.

Mas a verdade era que a ausência de Alì havia feito tudo se tornar menos divertido; a corrida havia assumido um sabor diferente, embora Hodan tivesse voltado para me botar para dormir cantando.

Naqueles meses, a única coisa que eu fazia além de ir à escola era correr. Treinava até sete horas por dia. Corria no pátio e, ao toque de recolher, assim que podia, saía e corria pelas ruas, a burca cobrindo a cabeça e o corpo, mas, na testa, a faixa elástica atoalhada, que se impregnava de suor.

Correr com aquela roupa era impossível. Eu tropeçava o tempo todo na saia e, às vezes, quase desmaiava por causa do calor que se acumulava sob aquele traje preto.

Mas na minha mente havia somente Hargeisa, a corrida da minha vida, a que mudaria meu destino. Eu tinha que vencer, era minha única oportunidade de me tornar profissional, embora essa palavra na Somália nunca tenha feito muito sentido. Ninguém jamais ganhou um tostão com o esporte. Mas, pelo menos, eu esperava, teria a possibilidade de participar de competições importantes, de representar o meu país pelo mundo, de correr pela libertação da Somália, enquanto a Somália acreditava que eu obedecia suas regras.

Dois dias por semana eu ia ajudar *hooyo* na barraquinha de verduras, a fim de ganhar alguns xelins que serviriam para pagar a passagem do ônibus especial para Hargeisa. Hodan ia com *hooyo* outros dois dias e Ubah os últimos dois, e elas também me davam algum dinheiro quando podiam. A contribuição delas à liberdade.

O governo das Cortes Islâmicas havia proibido Hodan e seu grupo de ensaiar e tocar na cidade.

Não podiam mais ir à sala de concertos, eram obrigados a se encontrar no porão de um restaurante, no norte, na direção do rio Shebele. Se os encontrassem de novo naquele lugar próximo ao porto velho, os fuzilariam.

Quando eu retornava encharcada de suor da minha volta no quarteirão, no toque de recolher, antes do jantar, *hooyo* me olhava de um jeito estranho, como se eu fosse um animal raro.

— A quem você puxou? — ela me perguntava, tirando minha burca e passando a mão nos meus cabelos molhados, enquanto estava no canto do *burgico* cozinhando.

Era sempre a mesma história.

Assim que me via surgir sob a cortina vermelha, sorria para mim com a ternura de sempre. Então, quando eu me aproximava, ela ficava séria.

— A quem você puxou, hein, pequena Samia? — Falava com aquela sua voz doce. Eu tinha ficado do seu tamanho e percebia que seus olhos vivos e profundos como um poço infinito estavam se enchendo de rugas ao redor.

— Puxei a *aabe* — eu respondia.

Ela me olhava, pegava meu rosto nas mãos e dizia:

— Como você é bonita, Samia. Já é uma mulher. É a mais bonita da família.

Então ela dobrava a burca molhada, desamarrava os cadarços dos meus tênis e me dizia para ir me lavar e descansar os pés. Era como uma cerimônia.

O desnudamento da filha bonita e doida.

Mas naquele período eu só pensava em guardar as energias para o treino do dia seguinte. Não conseguia me concentrar em mais nada.

O dia do meu aniversário de quinze anos era a duas semanas da prova e Said me deu um cronômetro de presente. Nunca soube onde o pegou ou quanto custou. O fato é que chegou para mim e disse:

— Isto é para você, guerreira Samia.

Era a primeira vez que me chamava assim. Em geral, Said me dava cem nomes diferentes, e todos para zombar de mim. Mas naquele dia me chamou de "guerreira", como *aabe* me chamava de vez em quando, talvez porque eu estava me tornando adulta; fazia quinze anos, e quinze anos é idade de gente grande. Depois disse que queria que aquele cronômetro um dia marcasse o recorde feminino de velocidade do nosso país.

— Eu prometo, Said — falei, e dei um beijo na bochecha dele.

Eu nunca tinha tido um cronômetro. Alí marcava o tempo calculando os segundos com seu velho relógio arrebentado. A pulseirinha já tinha se perdido havia muito tempo, sobrara apenas o quadrante. Até que lhe roubaram isso também.

O roubo aconteceu num dia em que Alí estava na esquina do Monumento ao Soldado Desconhecido, esperando que eu surgisse do beco à frente. De repente, um grupo de três garotinhos *abgal* que nunca tinha visto se aproximou dele; não deviam ser do nosso bairro, e sabe-se lá o que faziam naquele lugar. Alì estava à sombra, apoiado no tronco de uma acácia, quando os três começaram a insultá-lo.

— Ele tem mesmo cara de negro, esse *darod* — disseram.

Alì, como sempre, não abriu a boca, e os olhou fixamente nos olhos, um a um.

— Então esse *darod* não fala, deve ter comido até a língua de fome.

E tome risada, os três idiotas.

Alì sabia que, com três contra um, seria difícil ir longe e, além do mais, ele estava em um bairro *abgal*, portanto, não tinha esperanças. Com tranquilidade, deixou que aquele que parecia o líder chegasse mais perto e, de repente — com a mesma rapidez com a qual naquela noite distante havia mordido a mão do menino extremista —, deu um chutão em sua canela.

O garoto se curvou de dor e Alì fugiu.

Os outros dois correram atrás dele por um tempo; depois, como eram mais lentos, deram um assobio com o apito que alguns valentões levam no pescoço para situações como essa. *Ffffiuuu!* Tão alto que metade da cidade ouviu.

Ao virar a esquina, Alì se viu diante de um homem que o parou e lhe perguntou por que corria, se por acaso havia roubado algo, o que era proibido pela lei do Alcorão. Logo depois, os dois chegaram e disseram ao homem que Alì era um ladrão, que havia roubado dinheiro.

Bateram nele e pegaram tudo o que tinha, ou seja, apenas aquela coisinha de nada de relógio. Desde então, tínhamos nos virado sem ele.

Agora, com o cronômetro de Said, tudo mudava.

Sabe-se lá o que Alì diria; custaria a acreditar que podia usar um de verdade. Para mim também parecia inacreditável poder marcar meus tempos de forma tão precisa. Até aquele dia, eu só soube meus tempos certinhos quando cheguei em primeiro.

O germe da loucura eu devo ter puxado de *aabe*. Estava certa em responder assim para *hooyo*, quando me perguntava. Com a permissão de *aabe*, nos últimos três dias antes da prova de Hargeisa, fui ao Estádio Konis de madrugada.

Havia anos que eu lhe pedia isso. Alì me contara muitas vezes sobre ele, Amir e Nurud, seus amigos, que, quando eram pequenos, entravam lá e começavam a jogar futebol. Isso sempre havia ficado na minha cabeça. Um momento de paz para poder usar o estádio. *Aabe* nunca havia permitido que eu fosse. Até aqueles três dias antes da competição, quando implorei, e ele cedeu.

— Obrigada, *aabe*, serei grata a você por toda a vida — falei, o olhar terno.

— Espero que seja grata a mim ao fim desses três dias, porque significará que nada terá acontecido a você — respondeu ele, preocupado.

A verdade era que aquelas eram as únicas horas em que não se corria nenhum risco, embora fosse um breu total, porque não havia ninguém nas ruas e o toque de recolher vespertino já havia levado paz aos nossos ouvidos.

Eu saía de casa por volta das onze da noite toda coberta pela burca e, em mais ou menos meia hora, cruzando em velocidade as ruelas mais estreitas, chegava ao estádio.

Eu me metia num dos buracos da cerca, atravessava a clareira da bilheteria, passava por cima de uma grade baixa que levava ao corredor central e, de lá, entrava.

Era lindo. O cheiro da grama inundava tudo e meus sentidos eram completamente envolvidos por aquele aroma doce e sutil, penetrante.

Ter o estádio vazio inteiro só para mim, iluminado apenas pela luz da lua, era tão bom quanto conquistar o tecido acolchoado do céu.

Eu parava na beira da pista de atletismo na qual havia vencido minha primeira prova e tirava a burca preta e pesada. Dobrava o tecido e o colocava no chão. Depois, enquanto respirava fundo bem devagar algumas vezes, a consciência de estar ali de madrugada me provocava uma descarga de adrenalina que me energizava. Eu me aquecia trotando lentamente e com passadas largas até o centro do campo de futebol. E dali saboreava, por alguns segundos que pareciam durar uma eternidade, o espetáculo do estádio deserto.

Ninguém à vista. Apenas eu, minha respiração e a lua. E o cheiro da grama, que chegava pungente de todos os cantos.

Eu fazia de conta que havia paz do lado de fora, e que aquela era uma pequena infração que não me colocaria em perigo.

Foi ali, naquelas noites, a três dias da prova mais importante da minha vida, que descobri que corria os 100 metros em 16 segundos e 32 centésimos, e os 200 em 32 segundos e 90 centésimos. Eu achava que era mais rápida, mas não. O cronômetro de Said me revelou uma triste verdade. Eu estava muito aquém dos recordes mundiais, precisava melhorar, não tinha jeito. Só podia melhorar.

À saída, naquelas três noites, *aabe* estava lá me esperando, para me levar para casa sã e salva.

No caminho de volta, coberta pela burca, saltitando de alegria, eu enumerava para *aabe* tudo que deveria fazer para melhorar. Ele olhava ao redor e, de vez em quando, parava e me ameaçava com a bengala para que eu ficasse quieta e não chamasse atenção, caso contrário ele bateria com ela na minha cabeça. Eu ria. Sabia que não deveríamos circular pela rua àquela hora, mas estava feliz.

Aquela liberdade repentina, o estádio vazio, a lua cheia e o cheiro da grama me enchiam de uma euforia incontrolável.

Aabe se irritava e me dizia para eu me aquietar. Mas eu só tinha a competição na cabeça. Três dias depois, parti para o norte.

14.

A viagem de ônibus especial até Hargeisa foi digna de uma estrela de cinema. Eu estava desacompanhada, pois a passagem era muito cara, o equivalente a 60 dólares; conseguir comprar um bilhete apenas já tinha sido um milagre.

Eu nunca tinha entrado em um frescão. Tudo era confortável, os bancos macios e grandes, cobertos de veludo cinza, a música ambiente. O motorista usava um uniforme azul-escuro e foi muito gentil. Quando me viu subir sozinha e com o conjunto esportivo que *aabe* tinha me dado para a ocasião, conseguido sabe-se lá como, deve ter achado que eu era uma atleta famosa. Ele me olhou e cumprimentou como se olha e cumprimenta uma pessoa digna de respeito.

— Bom dia, *abaayo* — falou enquanto eu subia. — Tenha uma boa viagem.

— Obrigada. — Foi a única coisa que consegui dizer, de tão emocionada.

A viagem durava quase um dia inteiro.

Eu me sentia como um daqueles passarinhos minúsculos que batem as asas rapidíssimo, tão velozes que não dá para ver direito; parecem estar suspensos no ar, pendurados em algum lugar do teto com um fio invisível.

Eu estava tão impaciente que não conseguia ficar parada. Até me levantei umas cem vezes com a desculpa de esticar as pernas. Quando parávamos para descer, comer algo ou ir ao banheiro, não via a hora de partirmos de novo.

Chegamos ao destino às sete horas da manhã seguinte; o sol nascia. E eu não tinha dormido nem um minuto.

* * *

Saltei do ônibus com a estranha sensação de estar num país em paz.

Não me parecia real que na rodoviária não houvesse guardas armados, que não houvesse sinais de fuzis ou de uniformes camuflados, nem furos de balas nas paredes.

Eu fiquei desnorteada. Como um animal que passou a vida toda na gaiola e de repente se vê com a portinha aberta, livre. Fui tomada por uma sensação de euforia exagerada, que, em vez de me empurrar para a frente, me paralisou. Senti a tentação de dar meia-volta, subir de novo no ônibus e retornar ao meu habitat, onde a liberdade era medida pela quantidade de minas terrestres e de descargas de morteiro. Naquele amanhecer, com o sol que vazava tímido pelas frestas entre o telhado de madeira da rodoviária e as paredes, não pude evitar pensar que muita liberdade, assim de repente, pode não fazer tão bem ao ser humano.

Eu me sentei em um banquinho de metal ao lado de uma banca de jornal e esperei um pouco. O jornaleiro estava abrindo justamente naquele momento, ainda com cara de sono.

Com os poucos xelins que tinha, comprei um *shaat* no único bar aberto. O calor do chá passou das mãos à garganta e dali, pouco depois, finalmente chegou à cabeça.

Fui ao estádio a pé.

Tinha todo o tempo do mundo e, além do mais, eu precisava movimentar as articulações depois de todas aquelas horas com os joelhos dobrados.

A cidade em paz me parecia um milagre. Poder dar uma volta sem burca, poder me deslocar e até gritar no meio da rua. Poder parar alguém e falar com a pessoa. Fiquei tonta só de pensar em tudo o que eu poderia fazer.

Uma hora depois, já eram oito da manhã, cheguei ao estádio. Sensibilizei o guarda, que estava atrás do portão. Quando ouviu de onde eu vinha, abriu o portão com uma grande chave e me deixou entrar, e até encontrou um lugar à sombra para eu descansar.

Tentei me deitar na grama que circundava a pista, antes das arquibancadas, mas pegar no sono era a última coisa que passava pela minha cabeça.

Eu vibrava como a corda de um *shareero*, o instrumento que Hussein tocava no grupo de Hodan.

Às dez horas, os portões foram abertos e os primeiros competidores chegaram acompanhados de seus treinadores. Só naquele momento, com muita calma, as mesas para os inscritos foram montadas.

Fui a primeira a me apresentar.

A senhora que cuidava de tudo perguntou meu nome e me observou com um olhar inquisidor. Eu respondi, tomada pelo medo de que, por alguma razão, entre Mogadíscio e Hargeisa, meu nome tivesse se perdido junto com a inscrição e eu tivesse ido lá à toa.

Mas a senhora me avaliou e me perguntou apenas:

— Você dormiu, pequena?

— Sim, claro que dormi, como poderia correr se não estivesse descansada, *abaayo*? — respondi, cândida como uma flor de laranjeira.

— Bom, então depois vá enxaguar o rosto, tem uma fonte ali.

— Obrigada, *abaayo*.

— Qual é o seu nome, pequena?

— Samia Yusuf Omar... — disse, de um fôlego só.

A senhora abriu o registro e procurou. Segundos infinitos se passaram.

— Venho de Mogadíscio, *abaayo* — acrescentei.

— Samia Yusuf Omar de Mogadíscio... Aqui está.

Assinei e ela me deu o número de peito. Meu primeiro número de peito.

Eu estava inscrita nos 100 metros e nos 200 metros femininos.

Meu número era o 78.

* * *

Tive de esperar mais duas horas antes de correr. Não conseguia me conter de ansiedade.

Felizmente, nós, mulheres, competíamos antes dos homens.

Troquei umas palavras com algumas garotas, mas não quis me distrair demais. Estava lá para vencer, não para bater papo. Continuava a olhar em volta, não conseguia fazer outra coisa. Tudo era novo, era a minha primeira vez no norte, minha primeira prova de verdade.

Com certeza eu era a mais nova. Ninguém apostaria um xelim em mim.

Pouco depois, no auge da impaciência, decidi esperar o tempo passar da melhor forma possível. Deitei no chão, na grama. E fiquei mergulhada naquele perfume doce e envolvente.

Até que o momento chegou.

Minhas adversárias não me pareceram muito intimidadoras. Eram mais velhas que eu, mas não tinham os olhares ardentes das atletas de verdade. Desde o primeiro momento, tive a sensação de que poderia chegar em primeiro.

Em pouco menos de duas horas, venci as duas eliminatórias nas baterias, uma atrás da outra.

Antes que eu me desse conta, estava na final, com muito fôlego a menos, muita dor nos quadríceps e duas provas já disputadas. Uma nos 100 metros. E uma nos 200 metros.

Para a final se classificaram as primeiras colocadas em cada bateria.

A primeira final foi a dos 200 metros. Eu estava com as pernas duras como pedra por causa do esforço, e duas vezes mais cansada que as outras porque era a única a correr duas distâncias. Mas isso só me motivou mais. Se eu tinha chegado até ali, podia ganhar também.

Adotei a posição de largada e saí feito um foguete, nos olhos apenas a linha de chegada.

Na cabeça, como sempre, eu tinha as vozes de *aabe* e de Alì que me gritavam para correr.

E eu corri.

Cruzei a linha de chegada em primeiro.

Foi uma emoção enorme, a maior libertação.

Em primeiro.

Eu era a mais rápida do meu país nos 200 metros. Algo difícil de entrar na cabeça.

Mas não tive muito tempo para pensar no assunto. Dez minutos depois correria a final dos 100 metros, a prova mais importante de todas.

O público nas arquibancadas, pela primeira vez, começou a fazer barulho. Alguns gritavam, nos encorajavam.

Enquanto nos encaminhávamos para a largada, a garota na raia ao lado da minha apontou para um grupinho que tentava chamar minha atenção. Quando olhei para eles, começaram a aplaudir e a me encorajar.

Eu tinha fãs.

Levantei o braço e acenei para eles.

Ao disparo, de novo, eu só tinha na cabeça as vozes de *aabe* e de Alì. "Vá, pequena guerreira. Vá e, na linha de chegada, sorria!"

Corri aqueles 100 metros como nunca tinha feito antes.

As garotas à minha direita e à minha esquerda eram mais lentas que eu; logo fiquei dois passos à frente delas. Havia só uma, na primeira raia, que, com o canto do olho, vi que estava nivelada comigo.

Nos últimos dez metros, botei para fora tudo o que havia me levado àquela pista.

Botei para fora os esforços, os treinos, a devoção, os medos, as frustrações que sentia havia pelo menos sete anos. Pensei em Mogadíscio como uma gaiola da qual eu finalmente tinha conseguido escapar para correr livre.

E venci.

De novo.

Na chegada, me senti como um grilo impedido de saltar por semanas, como acontecia às vezes em Mogadíscio. Algumas crianças de lá costumavam capturar um grilo e o deixavam no bolso fechado dentro de uma latinha. Então, dias depois, elas o soltavam, e ele pulava para muito longe. Elas faziam competições de saltos de grilos trancados e apostavam.

Eu me senti como um deles, e fiquei pulando de um lado para o outro.

E o bom era que estávamos em Hargeisa, onde não havia guerra, onde não havia integrantes do Al-Shabab.

Aqui, finalmente, eu podia pular e comemorar em paz. E podia sorrir também. Sorria para todos e apertava as mãos de quem chegava perto de mim para me conhecer. Se Alì me visse, ficaria tão feliz que começaria a chorar feito uma menina. Havia seis meses que eu não o via e, no meu coração, dediquei a vitória a ele, ao meu treinador. Àquele que me fizera virar uma atleta. Ao meu melhor amigo.

Naquele dia, vi pela primeira vez em letras garrafais num painel eletrônico meus tempos oficiais: 15.83 nos 100 metros e 32.77 nos 200 metros.

Havia muito ainda para melhorar, mas eu tinha vencido. Era a mulher mais rápida do meu país. E ganhei o direito de participar da prova que aconteceria em Djibuti, três meses depois. Minha primeira competição internacional.

Na viagem de volta, dormi vinte e uma horas seguidas. Partimos à noite e só chegaríamos na noite seguinte. Não abri os olhos em nenhum momento, nem mesmo desci para ir ao banheiro.

Mantive as duas medalhas no pescoço, bem seguras debaixo da camiseta, onde eu também tinha deixado o número de peito, o 78, meu número da sorte.

Na primeira hora da viagem, me senti como uma bomba a ponto de explodir. Ao meu lado havia uma senhora que tentava ler um livro com a pouca luz que vazava pela janela, enquanto eu sentia uma vontade irresistível de lhe contar tudo o que havia me acontecido, segundo por segundo. Às vezes, eu tentava puxar conversa. Não houve jeito, ela não levantou os olhos daquelas páginas em momento algum.

Depois, comecei a relaxar. Desabei num sono profundíssimo; havia dois dias que eu não dormia. Peguei no sono segurando o casaco do uniforme, as medalhas aninhadas logo abaixo.

Na rodoviária de Mogadíscio, tudo estava do jeito que eu havia deixado. Para mim, séculos tinham se passado. Eu viajei para o outro lado do mundo e me tornei outra pessoa. Mas logo me vi de novo no ponto de partida, como se nada tivesse acontecido.

Os habituais rostos irados e preocupados, os habituais fuzis nos ombros, os habituais uniformes manchados e amassados, conseguidos sabe-se lá como.

Do lado de fora da rodoviária, *aabe* estava me esperando.

Não precisei dizer nada; ele leu tudo no meu semblante. Pulei em seu pescoço e o enchi de beijos.

No caminho de volta, eu estava obcecada com a possibilidade de cruzarmos com patrulhas do Al-Shabab. Usei a técnica que Hodan me ensinara quando pequena e que depois eu tinha ensinado a Alì: a da invisibilidade. Sempre deu certo. Exceto daquela vez dos dois garotos e Ahmed. Era simples: se você acredita estar invisível, então se torna invisível. Era assim que dávamos voltas pela cidade, era o segredo que sempre usávamos, Alì e eu, quando corríamos durante o toque de recolher ou quando pequenos íamos à praia. Agora eu a usava para mim e *aabe*. Que aquela bolha de invisibilidade pudesse nos proteger de tudo e de todos pela eternidade.

Chegamos em casa depois das onze da noite. Todos já tinham comido, mas guardaram um prato de *kirisho mirish* e docinhos de gergelim para mim.

Hooyo, chorando como de costume, disse que estava orgulhosa de mim. Hodan também se juntou à mamãe no choro e os outros irmãos e irmãs improvisaram uma canção em minha homenagem.

Naquela noite, a noite da vitória, foi tudo perfeito.

Eu estava transformada.

Pela primeira vez me senti grande, adulta. Sabia que era uma campeã. Além disso, escondida em algum ponto da boca do meu estômago, estava a convicção de que um dia eu venceria nas Olimpíadas. E que, nesse dia, guiaria a desforra das mulheres islâmicas.

Como se eu estivesse dentro de uma bolha de silêncio, olhava meus irmãos cantando. Via as bocas se mexendo, mas não ouvia suas vozes.

A ausência de Alì, de *aabe* Yassin e de seus irmãos era concreta, tangível. Isso talvez explicasse o fato de minha família estar mais emotiva que de costume.

Alì, meu treinador, não estava lá, e eu, pela primeira vez na vida, chorei de dor.

Hodan e *hooyo* achavam que eu chorava por causa da alegria da vitória.

Não.

Naquela noite, no pátio, diante de toda a minha família festejando em minha homenagem, chorei porque eu me tornara uma adulta e chorei de saudade de Alì. A pessoa no mundo que mais se empenhara para que eu vencesse as competições que, naquele dia, eu tinha vencido. E que nem sequer sabia disso.

Antes de dormir, pendurei as duas medalhas em um prego na parede ao lado do colchão. Junto do rosto de Mo Farah.

Quem sabe Mo também conseguisse vê-las.

Da Europa, de Londres. De muito longe.

Quem sabe decidisse me mandar um bilhete de encorajamento pelo que estava por vir; como a prova de Djibuti, por exemplo.

Então, antes de eu pegar no sono, a voz aveludada de Hodan cantou para mim um magnífico e glorioso canto da vitória.

15.

Um mês depois, da mesma forma definitiva com que tudo passou a acontecer na minha vida, *aabe* nos deixou para sempre. Com a rapidez e a inevitabilidade com que tudo estava ocorrendo, minha luz, meu guia, também foi embora. Um momento antes, tudo era como sempre. E, no momento seguinte, nada mais foi igual. A partir daquele dia, a escuridão caiu sobre mim.

Como de costume, naquela manhã *aabe* tinha ido ao mercado de Bakara encontrar alguns amigos e comprar umas coisas. Alguém com o rosto coberto se aproximou dele por trás e atirou. Assim, simples assim. Um ato que durou apenas um instante. Insignificante se visto de longe, imperceptível em meio a todo aquele falatório frenético. Diante da indiferença geral, aquela sombra fugiu sem causar nenhum rebuliço. Ninguém fez nada; poucas pessoas sequer haviam percebido o ocorrido.

Bakara era o lugar mais perigoso da cidade. O dia inteiro lotado de gente entrando e saindo à procura de objetos para vender e comprar, à busca de algum lucro ou somente querendo matar o tempo. Cada canto transbordava de cores: azul, verde, vermelho, amarelo, branco, preto — nos tecidos, nas especiarias, nas frutas, nas verduras. E, acima de tudo, o lugar era uma confusão de mãos, pernas, pés, rostos, fedores, perfumes, humores, e de olhos que se movem rápidos de um item para outro. Repleto de cuspes, de cascas de banana, maçã, melancia, de sobras de damascos, de pêssegos. Isso é Bakara: um verdadeiro inferno. E por ser tão congestionado, sempre foi o lugar mais perigoso de todos. Mas, até aquele momento, tinha sido o local da morte dos *outros*. Da morte de quem não era importante para ninguém.

De vez em quando, os milicianos dos clãs, ou os do Al-Shabab, colocavam uma bomba na sacola de compras de alguma mulher. Passavam e largavam a bomba lá dentro. Depois, de longe, outro apertava um botão. E *bum*.

Vinte de uma única vez.

Ou trinta.

Crianças, mulheres e idosos.

Ninguém dava muita importância. Tudo parava em volta dos cadáveres, mas por pouco tempo — o suficiente para que tudo pudesse voltar ao normal. Era sempre *outro* que morria, outro alguém que deixava pais, filhos, parentes e amigos.

Mas, naquele dia, de repente, os "outros" viramos nós, e a morte recuperou todo o seu peso.

Naquele dia foi *aabe* Yusuf.

Nosso pai.

Ele se foi.

Para sempre.

Daquela noite em diante, Hodan e eu não dormimos mais nos nossos colchões, e sim na cama grande com *hooyo*. O corpo de *aabe* tinha ficado estendido sobre uma mesa de madeira coberta por um pano, exposto no pátio por 24 horas, para a despedida pública. Nossa mãe passou quase todo o tempo ali de pé, recebendo as pessoas, de mão dada com o marido morto. Já eu não olhei para *aabe*. Quis preservar intacta a lembrança que tinha dele.

Said não parava de chorar, já Hodan entrara em uma mudez que cessava somente à noite, na cama.

Ela dormia entre mim e *hooyo*, e nos fazia pegar no sono cantando hinos que acompanhavam a viagem de *aabe*, cantos que nos falavam com a voz dele, como se *aabe* estivesse conosco e nos dissesse que a culpa de nos ter deixado sozinhas era dos senhores da guerra e dos fundamentalistas.

Ficávamos de mãos dadas fitando o teto, Hodan no meio com uma das mãos segurando a minha e a outra, a de *hooyo*, e, enquanto cantava com aquele fio de voz, quase quebrava os nós dos nossos dedos.

Quando o enterramos, um mar de gente compareceu ao enterro. Cada um se apresentava como seu melhor amigo.

Aabe se fora e a vida precisava continuar. Sua ausência quotidiana, nos menores gestos, provocou em mim um estado de fúria que, em vez de anular, acentuou a vontade de correr e de vencer. E, além disso, me tornou invencível e inatingível. Nada mais poderia me machucar. Já tinham levado embora *aabe*; ninguém poderia nunca mais me censurar.

Meu sofrimento era tão grande que eu não temia o pior. Com frequência, enquanto corria, me via chorando feito louca. Quando voltava para casa e ele não estava sentado no pátio, eu explodia em soluços. À noite, depois do jantar, seu vozeirão e suas piadinhas faziam falta. Said tentava, mas o vazio só piorava.

Naqueles dias e semanas, eu sentia a obrigação de concluir o que tinha começado em nome da invencibilidade que *aabe* me transmitira. Algumas vezes, ao correr, minha mente vagava, e eu me surpreendia pensando nas coisas mais absurdas e inconfessáveis: que *aabe* tinha ido embora justamente para me permitir correr em liberdade, protegida por sua morte, que trouxera a vingança para a nossa família.

Mas assim que parava e voltava a mim, entendia que eram apenas bobagens. O mundo havia perdido suas cores, seus perfumes, seus sons. Tudo foi atenuado, desde aquele dia, abafado, como a cera no rosto de Alì naquela manhã. Era como se eu tivesse entrado num túnel infinito, com paredes pouco mais largas que eu, e só pudesse correr, correr o mais rápido possível, à procura de uma saída.

E, de fato, naqueles dois meses antes da competição em Djibuti, eu corri até a exaustão.

Cada vez que eu treinava tinha na cabeça as palavras que *aabe* me dissera na manhã da minha primeira prova importante: "Você é uma pequena guerreira que corre pela liberdade, e com sua força libertará todo um povo."

Essas palavras me impulsionavam ao extremo. Eu me exercitava com os pesos no pátio; depois, de madrugada, ia sorrateiramente ao Estádio Konis, coberta pela burca, e treinava as largadas, as arrancadas, as acelerações, os tiros. Sentia-me invencível.

Cada dia eu treinava assim: seis, sete, oito horas seguidas. Até desabar no chão, esgotada. Sem Alì para me pegar pelos punhos e me puxar para cima.

Então eu me deitava na grama rala do campo e ficava olhando o céu por vários minutos.

Gostava de me imaginar vista do alto, de onde *aabe* me olhava, como um ponto no meio de um grande retângulo.

Ali estávamos apenas a grama que pinicava minhas costas, o ar que finalmente à noite se tornava mais fresco e leve, o céu cheio de estrelas, minha respiração ofegante, e eu.

Pouco depois, tudo ficava silencioso, o corpo começava a se soltar, as pernas e as costas a relaxar, a respiração voltava à calma.

Então eu inspirava profundamente e prendia o fôlego um pouco; tinha descoberto que essa pressão impedia que as lágrimas caíssem. Ficava assim pelo tempo que conseguisse, as bochechas cheias como as de um peixe-dourado, com tanto ar dentro delas que quase explodiam.

Até que chegava a hora de voltar à realidade, de me levantar e me vestir de novo com aquela túnica preta horrorosa que me cobria da cabeça aos pés. E de voltar, lentamente, respirando pelo nariz e tentando manter a cabeça livre de pensamentos, até a minha casa.

Que caiam nas cabeças de vocês mil quilos de merda contaminada e os afundem para sempre.

16.

Até que um dia, quando voltei para casa da escola, no meio do pátio e conversando com *hooyo* estava um homem que dizia ser do Comitê Olímpico. Poucos cabelos na cabeça, os ombros largos indicando um físico atlético, e magro.

Estava de terno e gravata, o que logo me deixou desconfiada, porque só se vestiam daquele jeito os noivos, os políticos e os homens de negócios.

Ele me contou que sabia da minha vitória em Hargeisa e que Abdi Bile em pessoa, o grande campeão dos anos 1980, ficaria feliz em me conhecer.

— Tudo bem, mas quando? — perguntei.

— Agora mesmo, se você quiser — respondeu ele, calmo, enquanto ajeitava o nó da gravata. — A propósito, ainda não me apresentei. Sou Xassan. Xassan Abdullahi.

Olhei para *hooyo* e Hodan, que fizeram que sim com a cabeça, sem falar. Eu podia ir, se quisesse. Hodan, porém, iria comigo.

— Nós teremos prazer em levar sua irmã também — disse o homem, com seu jeito sereno. — Vamos, meu carro está estacionado no fim da rua.

Ele parecia um lorde inglês, ou pelo menos alguém que na juventude tinha viajado muito, ou morado no exterior.

Nós nos entreolhamos. Pela primeira vez na vida entraríamos num carro!

Saímos do pátio e o homem nos levou até o automóvel. Era um sedã vermelho da Honda. Ele abriu a porta de trás para nós e nos sentamos. Dentro estava muito frio por causa do ar-condicionado. A impressão era de se estar no meio do gelo. Os bancos de couro preto chiavam um pouco a cada movimento nosso. A cidade, vista pelas janelas do veículo, parecia diferente, menor e mais pobre. As pessoas nas ruas, que eu tinha visto um milhão de vezes, davam a impressão de estar ainda mais ociosas.

Cerca de vinte minutos depois, chegamos. Foi a primeira vez que botei os pés na sede do Comitê Olímpico.

Lá dentro havia homens e rapazes, alguns com o uniforme da Seleção da Somália, outros elegantes como Xassan. Ele entrou em uma sala e nos pediu gentilmente que esperássemos do lado de fora. Nas paredes estavam penduradas fotografias de muitos atletas. Hodan e eu continuávamos a olhar ao redor, pouco à vontade.

Enquanto vagávamos pelo corredor, um jovem com o uniforme azul da Somália se aproximou e nos indicou um lugar onde sentar. Era uma pequena sala com mais fotografias. Pouco depois surgiu outro homem, de paletó e gravata, os cabelos brancos, o rosto simpático. Hodan e eu estávamos tímidas como duas crianças no primeiro dia de aula.

— Vamos ao meu escritório — falou, com um grande sorriso, fazendo com a mão um gesto para que o acompanhássemos.

Entramos e sentamos em duas cadeiras de couro preto em frente à mesa dele. Na porta havia uma placa: DR. DURAN FARAH, VICE-PRESIDENTE. Nas paredes, prateleiras com muitos troféus. Ele tirou uma caixa de bombons de uma gaveta e nos ofereceu. Eu não ligo para doces, só gosto das bolinhas de gergelim, mas Hodan liga, e pegou dois. Depois de ter nos perguntado como estávamos e de ter trocado algumas palavras comigo, ele disse que sabiam que eu tinha vencido uma prova importante e que achavam que podiam tentar fazer de mim uma atleta de verdade.

— Mas eu já sou uma atleta de verdade — respondi, fincando os pés embaixo da cadeira.

— Você está no caminho de se tornar uma.

Ele sorriu.

— Mas eu venci a prova de Hargeisa. Sou a mulher mais rápida do país — insisti.

Eu poderia enchê-lo de socos ali mesmo, se continuasse a pôr meu talento em dúvida. O homem me olhou com a cabeça inclinada, depois mostrou de novo os dentes brancos em um sorriso.

— Entre os amadores, Samia. Por ora, somente entre os amadores.

Era a primeira vez que dizia meu nome e gostei do jeito como o pronunciou, com o *a* muito comprido. *Saaamìa*, exatamente como *aabe* o dizia. Tirei da cabeça a lembrança de meu pai.

— Quer se tornar uma profissional? — perguntou ele, interrompendo o fluxo das minhas recordações.

Não respondi de imediato, porque não acreditava no que ouvia.

— Quer passar a fazer parte do nosso Comitê Olímpico? — repetiu Duran com sua voz doce.

Naquele momento, ele podia até pedir que eu me jogasse de uma montanha ou subisse o rio Shebele — eu faria sem pensar um segundo.

Seis semanas depois, eu estava de novo em um ônibus especial. Só que, desta vez, não tivera de ajudar *hooyo* por meses a fim de comprar minha passagem.

Um frescão para Djibuti.

Junto comigo estava Xassan.

Acima da minha cabeça, uma bolsa da Somália.

No meu corpo, um uniforme azul da Somália.

Estava tudo tão perfeito que cada manhã, depois de ter encontrado Xassan, eu ia até *hooyo* lhe pedir que beliscasse minha bochecha para ter certeza de que não era um sonho.

De *hooyo*, nessas manhãs, quando ela ainda tinha os olhos inchados por causa do choro da madrugada inteira pensando em *aabe*, eu arrancava o primeiro sorriso do dia.

Naquele ônibus, eu me senti como Florence Griffith-Joyner, a mulher mais rápida de todos os tempos, a atleta perfeita cujo nome havia ficado esculpido em minha memória desde a primeira vez que eu o ouvira no rádio do pobre Taageere, que sintonizava na estação do esporte por exigência minha.

No corpo eu tinha as cores do meu país, o azul-claro do céu e do mar, e me sentia a melhor velocista do mundo. Queria tanto que papai estivesse comigo. Às vezes, pensava que mesmo Alì seria suficiente, se eu não pudesse ter *aabe* de volta. Dos olhos deles eu entenderia que tudo o que estava acontecendo comigo era verdade. Papai me sussurraria docemente: "Não disse a você, minha pequena guerreira?" E aquilo eliminaria qualquer dúvida. Depois me daria um beijo na cabeça; eu me abaixaria. Mas agora eu era alta, não poderia mais me sentar em seu colo. Então ele me diria apenas: "Vá e vença."

Os dois motoristas se revezaram muitas vezes, e eu dormi quase o tempo todo. Xassan estava ali para velar por mim.

Após uma viagem de vinte e oito horas, chegamos a Djibuti.

Na noite antes da prova, descansaríamos para estar no máximo da forma. Dormir em um hotel era uma dessas coisas — como andar de carro, viajar de frescão, vestir o uniforme da Somália — que sempre me pareceram impossíveis. Mas era tudo verdade. Em algum lugar, acendera-se a luz da minha sorte. Talvez tenha sido *aabe* que a acendera, em um lugar secreto que só ele conhecia.

O hotel não era bonito, nem era limpíssimo; era o que nosso pobre Comitê Olímpico podia pagar. Mas eu tinha um quarto só para mim, com uma cama, um colchão e carpete. Estava um pouco estragado pelo tempo e por queimaduras de cigarros; em compensação, não havia animais noturnos, não havia as aranhas e as baratas que enlouqueciam Ubah, que, de vez em quando, de madrugada, nos acordava com seus gritos. Não havia coisas que não funcionavam. Só coisas bonitas. Mas a mais bonita era o banheiro. Desde que nasci, nunca tive um. Sempre usamos o comum, no pátio. Uma cabana com um grande buraco central que devia ser esvaziado a cada semana. Nunca tivemos água encanada; os irmãos iam pegá-la no poço todas as noites antes do jantar. Já no hotel de Djibuti eu tinha um banheiro só para mim.

Uma pia com uma torneira. Estava um pouco suja, o filete constante deixara uma marca avermelhada, mas, quando eu a abria, descia toda a água do mundo.

Uma banheira com chuveiro. Eu podia me enfiar lá embaixo e abrir a água quente e tomar banho pelo tempo que desejasse, sem que *hooyo* me dissesse nada.

E, além disso, havia um vaso para as necessidades. Eu podia puxar a descarga e o fedor desaparecia.

Dez minutos depois, eu queria descer à recepção e ligar para Taageere, para pedir que chamasse Hodan ao telefone, para que eu pudesse lhe contar tudo. Mas eu guardaria as novidades para a volta.

Naquela noite, naquele colchão, dormi um sono tão profundo que me pareceu eterno.

Na manhã seguinte, chegamos de frescão diretamente dentro do estádio. Era um estádio de verdade, nunca tinha visto um igual. Nem o de Hargeisa se parecia com ele. Este era maior ainda que o novo que tínhamos em Mogadíscio, que foi ocupado pelas milícias e por seus carros de combate. Era grande, enorme. E tinha arquibancadas altíssimas, dispostas em anéis. Cheias de gente que continuava a se movimentar, a fazer coros, a cantar, a aplaudir ou a assobiar.

Eu estava muito agitada.

Já Xassan permanecia tranquilo, aparentava estar perfeitamente senhor da situação.

As outras atletas me pareciam muito mais altas e musculosas. E, além disso, estavam mais bem-vestidas. Eu portava um uniforme usado. E corria com uma camiseta minha, uma bermuda minha. A faixa atoalhada de *aabe*.

A Somália não podia se dar ao luxo de mais que isso, e eu não pedia; o que eu tinha já me parecia muitíssimo. As demais, porém, usavam regatas feitas de um tecido especial e bermudas combinando. Tênis e meias de marca.

Tudo me deixava pouco à vontade, contribuía para me fazer sentir deslocada, inferior. Já Xassan continuava tranquilo, como se estivesse acostumado.

Eu só tinha de pensar que, se estava ali, era porque representava meu país e fui chamada a dar o meu máximo, como as outras. A dar tudo de mim de uma vez só: não havia eliminatórias, apostávamos tudo nos 200 metros.

— Corra o mais rápido que puder — disse Xassan quando, na beira da pista, esperávamos que chamassem a nossa bateria.

— Vou tentar.

— Samia.

Eu olhei para ele, que baixou a voz, quase em um sussurro.

— Você não vai vencer hoje. Não chegará nem perto, mas me mostre o que sabe fazer. Me mostre que a pista, o público e as adversárias não lhe dão medo.

Apertei os olhos como se tivessem sido atingidos pelo sol, esforçando-me para não baixar o olhar.

— Eu nunca tenho medo, Xassan — menti.

— Muito bem. Não tenha medo hoje também. Vai ver que tudo será natural.

Depois se afastou em direção ao fim da pista, pegou o uniforme que eu havia tirado para o aquecimento e me deixou sozinha, esperando a chamada.

Como eu havia feito em Hargeisa, e como a essa altura fazia em Mogadíscio à noite, deitei no chão.

Tornara-se um ritual.

Eu gostava de sentir a grama que pinicava minhas costas e guardar no nariz aquele perfume suave. Um ritual que eu esperava que me trouxesse sorte ali também.

Quando ouvi meu nome no alto-falante, me levantei. De cabeça baixa, concentrada, cheguei ao meu bloco de largada.

Eu sairia na quinta raia.

Em muito menos tempo do que eu esperava veio o disparo que indicava o início da prova.

Bum.

Dei o máximo, tudo o que pude.

As outras eram simplesmente mais rápidas que eu, Xassan tinha razão. Impulsionei até o limite, mas não havia nada que eu pudesse fazer. Embora tenha forçado os músculos a ponto de romperem, não adiantou nada.

Fui a sexta a chegar, das oito.

Não tinha ido bem, mas mesmo assim estava quase no céu.

Aabe me olhara do lugar onde se encontrava e estava feliz como eu; eu sentia isso. Talvez até mais. Sua pequena guerreira tinha corrido e dado o máximo, apesar de não ter vencido. Mas ele não se importava realmente com aquilo, eu sabia. Ele se importava apenas com que eu me esforçasse até o limite.

Dois dias depois, em casa, eu enchia os ouvidos de todo mundo com meus relatos. A viagem, o hotel, o estádio, as adversárias, a quantidade de espectadores, Xassan, tudo. Eu ia até cada irmão e queria repetir a história inteira. Estava eufórica.

Mas Hodan estava estranha.

Ela parecia feliz, mas eu a sentia distante. Parecia ter algo para me dizer e só estava esperando a ocasião certa, embora fizesse de tudo para que eu não percebesse. Mas, entre nós, não podiam existir segredos. Eu captava tudo o que se passava com ela, até a mínima vibração, assim como Hodan captava o que se passava comigo.

Só pouco antes de irmos para a cama ela me disse que precisávamos conversar.

Que ela havia tomado uma decisão.

Não entendi sobre o que ela estava falando. No início, entre as lágrimas e os soluços, só continuava a repetir que havia decidido.

Peguei Hodan pela mão e a levei para o quarto, para os nossos colchões. Nada podia ser tão terrível; já tínhamos vivido toda a dor possível com a morte de *aabe*. Mas Hodan continuava a chorar e dizia que não deveria, que na verdade era uma coisa positiva, uma coisa boa. Para ela, pelo menos.

Então falou.

Ela não podia mais ficar no nosso país. O sentimento de culpa pelo que tinha acontecido com *aabe* a estava matando. Só podia ir embora. Quis esperar para me dizer, esperar que eu corresse a prova em Djibuti e voltasse no mínimo feliz, se não vencedora.

Já fazia dois meses que ela tinha resolvido. E eu não me dera conta de nada. A morte de *aabe* de um lado e o Comitê Olímpico do outro deviam ter me tornado cega para o mundo se eu não tinha conseguido perceber que Hodan alimentava secretamente um plano tão importante.

Hodan prosseguiu dizendo que a culpa era toda dela se nosso pai não estava mais lá, mas eu sabia que era minha culpa também. Ou melhor, no fundo do coração, eu acreditava que *aabe* tinha ido embora para me fazer correr em paz.

Algo devia estar errado, disse Hodan, pois *aabe* sempre nos encorajou a seguir nosso instinto de liberdade, só que isso primeiro o aleijou e depois o matou.

Eu implorei, tentei de todos os jeitos lembrar a Hodan o que havíamos prometido uma à outra anos antes e que nunca tinha deixado de valer para mim: que jamais abandonaríamos o país, que o mudaríamos.

Procurei lhe dizer que talvez *aabe* houvesse se sacrificado por nós, para permitir que realizássemos com a máxima liberdade os nossos sonhos. Que, afinal, eram os dele também, os sonhos de libertação do nosso país.

— Não se lembra do que dizíamos uma para a outra na cama, quase todas as noites? — perguntei a Hodan, as lágrimas riscando meu rosto.

— Claro que me lembro das minhas canções. — Sua voz saía áspera, tornara-se de pedra.

— E então como pode querer ir embora agora?

— Tudo mudou, Samia.

— O que mudou? A guerra existe agora e existia antes.

Eu estava furiosa.

— Agora existe o Al-Shabab. — Hodan, ao contrário, estava tranquila. — Antes havia respeito, agora só há violência.

— Nossos esforços devem ser maiores — insisti, dando um soco no colchão.

— Não, nossos esforços só levarão a mais violência, não entende, Samia?

Não, eu não apenas não entendia, como não acreditava.

— Eu tenho que ficar aqui e continuar a correr. É o meu destino. Tenho que vencer as Olimpíadas, Hodan. Tenho que mostrar ao mundo todo que podemos mudar. Tenho que manter a promessa que fiz a *aabe*... É isso que tenho que fazer.

— Você tem um talento, Samia — disse Hodan com voz calma, apoiando a mão no meu ombro —, e é justo que continue o seu caminho. — Enxugou as lágrimas e assoou o nariz. Parecia *hooyo* quando fingia não estar emocionada. Naquela posição, com aquela luz, Hodan tinha o rosto da nossa mãe. Tornara-se uma mulher e eu não tinha percebido. — O que *eu* sonho, porém, é em ser livre. Agora e por inteiro. E sonho em formar uma família, como não pude fazer com Hussein. Sonho que meus filhos cresçam em paz. A guerra levou até o meu marido embora e nem sei mais onde ele vive. — Fez uma pausa. — Agora só preciso de uma vida nova, Samia.

— Eu também sonho em ser uma mulher livre, mas é um sonho que pretendo realizar aqui — falei, tirando a mão dela do meu ombro.

— Eu não, Samia. — Ficou em silêncio por talvez um minuto, mas me pareceu um ano, ou um milênio. — Vou viajar para a Europa. Talvez para a Inglaterra, como Mo Farah. — Indicou com o queixo a fotografia que ainda estava onde eu a pendurara naquela noite de muitos anos antes, ao lado das duas medalhas de Hargeisa. — Ou quem sabe para a Suécia, ou para a Finlândia.

Não havia mais nada a dizer.

Hodan tinha tomado sua decisão.

Eu devia apenas usar o tempo que me separava de sua partida para me conformar, para não chegar despreparada e transtornada ao momento que nos afastaria.

Estava começando a acreditar que, quanto mais eu conquistava com a corrida, mais eu perdia na vida.

17.

Depois da corrida em Djibuti, o Comitê Olímpico me deu de presente um par de tênis de corrida. Do tipo com travas na sola. Mas a coisa que mais mudou minha vida foi eu poder correr de dia no Estádio Konis, à luz do sol.

Cada lua, porém, era uma lua a menos até a partida de Hodan. Nos meses que me separavam da nossa despedida continuei a treinar como antes, se não mais. O túnel em que eu entrara com a morte de *aabe* se fizera ainda mais longo. Eu só podia baixar a cabeça e tentar correr para fora dele. Tinha um único objetivo: não pensar, e assim chegar à qualificação para as Olimpíadas de Pequim em 2008. Como tinha prometido a *aabe*. E sabia que tudo dependia de mim, dos tempos que eu conseguiria fazer.

Eu tinha abandonado a escola porque não podíamos mais nos dar a esse luxo. Quanto mais a guerra avançava, menos havia dinheiro para as pessoas. O pouco que *hooyo* conseguia levar para casa servia para comermos.

Na verdade, isso não me desagradara muito, porque assim eu podia correr tanto de manhã quanto à tarde. Eu chegava à noite destruída, mas não me importava: desabava no colchão antes dos outros e acordava na manhã seguinte depois de um sono pesadíssimo e restaurador, cheia de energia. Eu também tentava, no meu íntimo, me desacostumar com os cantos de Hodan, com seus carinhos, com a mão que nós apertávamos antes de dormir. E ela fazia o mesmo.

* * *

Pela segunda vez nos preparávamos para uma despedida. Mas agora não nos veríamos mais nem de dia, na escola.

Passamos aquele período antes da separação em um estado de grude patológico e, ao mesmo tempo, de repulsão doentia. Se, ao voltar para casa, uma das duas não estivesse, poderíamos nos procurar por horas e depois, quando nos encontrávamos, não nos dirigíamos a palavra. Ou brigávamos como nunca tínhamos feito antes. Quando *hooyo* ou Said intervinham para nos reconciliar, explodíamos num choro e nos abraçávamos forte.

Era o nosso modo incoerente de construir uma distância para nós.

Após dois meses, em uma noite de outubro de 2007, Hodan partiu para a Viagem. Arrumara uma pequena mochila com poucas coisas; levava os xelins necessários para o frescão até Hargeisa, a primeira etapa obrigatória para deixar o país, e só mais algum dinheiro.

Sem ter dito nada a ninguém, naquela noite se apresentou pronta para a partida. Preferiu nos dar adeus sem cerimônias demais, principalmente por causa de *hooyo*. Não me surpreendi; aquilo era típico de Hodan.

Assim, não tivemos tempo para as despedidas demoradas e os choros.

Nós nos apertamos em um abraço, todos os irmãos a beijaram e por último *hooyo*, que antes de deixá-la ir lhe deu de presente um lenço branco dobrado. Dentro havia uma das pequenas conchas do vidro que *aabe* lhe dera quando eram noivos. Nosso mar portátil, aquele que quando éramos pequenas íamos escutar. Amarrou o lenço no punho dela.

Então Hodan foi embora.

Partiu a pé, sozinha, em direção à rodoviária. Sem sequer saber o que faria quando chegasse a Hargeisa. Mas isso também era típico de Hodan.

A Viagem é uma coisa que todos nós temos na cabeça desde que nascemos. Cada um tem amigos e parentes que a fizeram ou que, por sua vez, conhecem alguém que a fez. É como uma criatura mitológica que pode levar à salvação ou à morte com a mesma facilidade. Ninguém sabe o quanto pode durar. Se a pessoa tiver sorte, dois meses. Se tiver azar, até um ano, ou dois.

E, desde que somos crianças, a Viagem é um dos assuntos preferidos das conversas. Todos têm relatos de parentes que chegaram a destinos na Itália, Alemanha, Suécia ou Inglaterra. Filas de caminhões com homens torrados pelo sol e mortos dentro do forno do Saara. Traficantes de seres humanos e terríveis prisões líbias. E, depois, os viajantes que morrem no trecho mais difícil, a travessia do Mediterrâneo, da Líbia à Itália. Alguns falam em dezenas de milhares, outros, centenas de milhares. Desde pequenos ouvimos essas histórias, com esses números sem fundamento. Porque quem chega, quando liga para casa, diz sempre a mesma coisa: não consigo descrever o que foi a Viagem. Foi terrível, isso é certo, mas não dá para colocar em palavras. É por isso que ela é sempre envolvida pelo mais absoluto mistério. Um mistério de que alguns precisam para chegar à salvação.

Hodan, como todos aqueles que partem, sabia apenas que chegaria ao norte da Europa. Que de algum modo percorreria aqueles dez mil quilômetros. Encontraria um bom rapaz, se casaria de novo, teria filhos e viveria uma vida feliz. Todos os meses, mandaria dinheiro para casa, um pouco para a mamãe e um pouco para mim, algo que me ajudasse nos treinamentos, e esperaria estar integrada o suficiente para poder pagar a Viagem para nós também.

Isso era o que todos faziam e isso era o que ela sabia, o que era possível saber.

Tudo o que estava no meio era uma coisa na qual não valia a pena pensar.

E assim, com essa leveza misturada com inconsciência, ela foi embora.

Nós estávamos muito apreensivos. Sabíamos que não podíamos ter notícias, a não ser de vez em quando, e isso, em vez de nos deixar nas mãos da mais cega esperança, nos agitava ainda mais.

Às vezes, quando em algum lugar ela conseguia achar um telefone, ligava para a gente. Said comprara um celular; assim, um passava o aparelho para o outro e Hodan conseguia falar um pouco com cada um de nós. De vez em quando, como aconteceu quando ela estava no Sudão e depois na Líbia, se houvesse também uma conexão com a internet, marcávamos uma hora depois, e ficávamos trocando mensagens por horas. Eu ia ao bar de Taageere, o único lugar com computador perto de casa. Fazíamos assim por alguns dias seguidos, quando ela era obrigada a parar em um local para esperar que Said, Abdi Fatah, Shafici e *hooyo* conseguissem juntar dinheiro o bastante para lhe enviar, a fim de pagar aos traficantes por um trecho a mais da Viagem. Hodan esperava o dia em que iria retirar o dinheiro na barraquinha do Money Transfer como se espera a morte.

Embora procurasse fingir de todas as maneiras que estava tudo bem, eu sabia que a Viagem a aterrorizava. Como podia não ser assim? Estava sozinha, não tinha dinheiro e estava nas mãos dos traficantes de pessoas que os chamavam de *hawaian*, animais, e batiam neles como bichos quando não pagavam.

Às vezes, Hodan me escrevia dizendo que tinha medo, muito medo. Outras, não conseguia nem dizer isso. E eu, apesar de sentir mais medo que ela, lhe escrevia: "Nunca diga que tem medo, *abaayo*, porque senão as coisas que deseja não se realizarão."

Era o que *aabe* tinha me ensinado quando eu era pequena. Você nunca deve dizer que tem medo, porque senão o medo, esse monstro malvado e feio, não vai mais embora.

"Não diga que tem medo, pequena Samia", dizia-me *aabe*, e eu repetia agora para Hodan. "Não diga."

Porque, caso contrário, você não chegará à Europa.

Porém, como quis Alá, Hodan esteve entre os mais sortudos.

No início de dezembro de 2007, após dois meses de viagem, ela conseguiu subir numa velha embarcação que, do porto de Trípoli, a levou até as costas de Malta.

Ela havia chegado.

Havia conseguido derrotar o monstro.

Estava na Europa.

18.

Três semanas depois da chegada de Hodan, quando tudo parecia triste e melancólico sem ela, recebi a notícia que mudou minha vida para sempre e que esperava desde que nasci: eu participaria das Olimpíadas de Pequim no ano seguinte.

Quando Xassan me chamou em seu escritório para me comunicar, eu não consegui acreditar no que ouvia. Assim que pronunciou a palavra "Olimpíada", um buraco se abriu dentro de mim. Ele continuava falando, mas eu não escutava mais nada.

— Samia, acreditamos que você possa contribuir muito para o nosso Comitê Olímpico e para a nossa nação — começou ele.

— Obrigada, Xassan — falei.

— Apreciamos seus esforços, sua vontade ferrenha e o desejo de vencer que está demonstrando...

— Obrigada de novo, Xassan.

Ele tinha me chamado em seu escritório para ter uma conversa comigo. Eu tentava entender aonde queria chegar.

— ...não se classificará bem, Samia... mas achamos que deve usar essa oportunidade como ensaio geral para os próximos Jogos Olímpicos, os de Londres, em 2012... para ganhar confiança... Portanto, pergunto a você se está disposta a viajar para a China e correr nas Olimpíadas.

Naquele momento, aconteceu a suspensão deste mundo. Todos os meus pensamentos confluíam em direção a uma única imagem, uma foto instantânea de calma e serenidade: uma cadeira de palha; uma janela pela qual entrava a luz oblíqua do sol, que iluminava apenas metade do chão de terra e poeira; um quarto, o de *aabe* e *hooyo*, eu de pé em frente a *aabe* prometendo a ele que conseguiria, aos dezessete anos, ir aos Jogos Olímpicos.

Lá estavam elas, as lágrimas. Duas. As duas de sempre.

Xassan pensou que fossem de alegria e mexeu comigo por causa disso. Mas ele tinha razão só em parte. Elas vinham do fundo, do ressentimento pelo fato de *aabe* não estar ali comigo, de minha irmã não poder compartilhar minha alegria e de meu melhor amigo ter fugido tantos anos antes com toda a sua família.

O Comitê Olímpico tinha escolhido a mim e a Abdi Said Ibrahim, um rapaz de dezoito anos que nos últimos meses se tornara meu melhor amigo e meu companheiro de treinos. No início, isso me provocou uma melancolia por causa de Alì, mas logo me livrei dela.

Treinávamos todos os dias.

Mas tudo, com o Al-Shabab cada vez mais poderoso, havia piorado. Às vezes, não conseguíamos chegar ao Estádio Konis: erámos parados pelos milicianos que nos insultavam ou pediam dinheiro, acusando-nos de apoiar os países ocidentais. Naqueles dias, éramos obrigados a correr na rua, torcendo para não encontrar outras milícias, entre pneus de carro fumegantes e fogueiras de lixo nos pontos de alargamento.

Além disso, embora fosse uma atleta do Comitê Olímpico, eu tinha de correr coberta. A ninguém interessava o que eu estava fazendo ou em nome de quem. Eu devia respeitar as leis do Alcorão e cobrir a cabeça, o busto e os membros.

Certa manhã, Abdi foi parado por dois milicianos *hawiye* que roubaram seus tênis. "Assim você corre melhor", disseram-lhe. "Negro. Assim corre descalço como um africano de verdade."

Nós sempre tentávamos fingir que nada tinha acontecido. Estávamos determinados a treinar com o que tínhamos: sem treinador, sem técnico, sem médico, sem comida. Não a comida adequada a um atleta, com o aporte correto de calorias, proteínas, vitaminas e sais minerais. Muitas vezes a comida necessária para se viver decentemente.

Hooyo ganhava cada vez menos, quase nada àquela altura, e de vez em quando éramos obrigados a comer apenas *angero* cozido no *burgico*, e água. Pão e água.

Uma coisa, porém, eu tinha, e se tornara um dos objetos mais importantes para mim: o cronômetro. Eu marcava meus tempos. O que quer que me acontecesse, eu continuava obcecada com meus tempos. Tinham de melhorar. Quando não os via melhorar de uma semana para a outra, ou quando pioravam, eu mergulhava em uma crise profunda da qual somente Abdi conseguia me ajudar a emergir. E, no fim, eu partia de novo com mais energia ainda.

Falávamos sempre com Hodan. Ela nos ligava no celular de Said ou nos escrevíamos pela internet. Ela se instalara em Malta e ficara noiva de Omar, um rapaz somali que havia conhecido durante a Viagem. Ele a ajudara muito; fora graças a ele também que ela conseguira. Ela me falou de Omar de imediato, e entendi que se apaixonara desde a primeira vez que pronunciou seu nome.

No mês de abril, recebemos uma notícia linda, que no início me pareceu impossível de aceitar, mas depois me encheu de alegria.

Nossa pequena Hodan, que era, sim, minha irmã mais velha, mas que ainda permanecia sempre, assim como eu, a pequena da família, estava grávida.

Ela nos contou uma manhã, assim que fez o teste e teve a confirmação.

Estava felicíssima.

Ela e Omar viviam juntos já havia tempo em Malta, numa acomodação dada pelo governo e pelas associações humanitárias. Tinham decidido oficializar a união e se mudar para o norte, talvez para a Suécia, talvez para a Finlândia, onde o apoio aos refugiados de guerra era ainda maior.

Cada vez que nos escrevíamos, Hodan dizia que sentia que o bebê seria uma menina. Sentia que seria como eu, com as pernas rápidas. Já com vinte semanas, ela me contava, o neném chutava muito.

Assim se passaram os quatro meses que me separavam da viagem à China. Entre treinos, algumas raras reuniões no Comitê Olímpico para entender como melhorar meus tempos e os de Abdi, e os doces telefonemas com Hodan.

Hooyo, porém, ficava cada vez mais apreensiva.

A morte de *aabe* e a partida de Hodan haviam tornado qualquer distância insuportável para ela, mesmo que temporária. Cada vez que algum dos irmãos retomava o assunto das Olimpíadas, os olhos de *hooyo* se anuviavam. Nós lhe dizíamos que devia estar feliz, que estava acontecendo comigo uma coisa maravilhosa, mas, àquela altura, a cada evento, ela via apenas as possíveis complicações negativas.

Acontecia quase todos os dias, antes do jantar. Como seria de se esperar, a notícia se espalhara rapidamente pelo bairro mutilado de Bondere.

Quanto mais se aproximava a minha partida, mais pessoas iam me visitar, me levar uma lembrancinha ou um pequeno presente de boa sorte. Eram todas pessoas com as quais eu cresci, era a minha gente, que me viu nascer e me tornar adulta. Gente que eu amava e cujo afeto, para mim, era um tesouro preciosíssimo.

— Samia, faça boa viagem e honre nosso país — disse Asiya, com voz trêmula. Era uma velhinha que me segurou no colo no dia em que nasci e que eu considerava uma espécie de avó, já que dois dos meus avós naturais haviam morrido e os outros dois moravam longe, em Jazeera. — E pegue isto — falou, me dando uma camiseta de algodão —, eu comprei no mercado para a sua partida, para lhe desejar boa sorte. Não sei se vai querer colocá-la quando correr...

— Claro, vó Asiya, não se preocupe, farei meu melhor. Usarei a camiseta para os treinos — eu disse a ela.

— Samia, dê lembranças à China por nós, e não coma aqueles animaizinhos fritos — disse Taageere, amigo de *aabe* e Yassin.

— Tudo bem, Taageere, só vou comer frutas frescas e arroz — prometi.

E assim por diante.

Todos os dias, pelo menos dez pessoas apareciam para me dar suas bênçãos.

Já quando me davam os parabéns eu tentava minimizar, dizia que era apenas uma prova, uma competição como as outras, nada de tão importante.

Mas não havia muito de minimizável em mim.

Eu era pequena só porque também era guerreira.

E a pequena guerreira estava pronta, mais uma vez, para o combate.

19.

Na noite anterior à minha viagem para a China, Hodan telefonou dizendo que estava prestes a dar à luz e se internou no hospital. Isso talvez não tenha sido coincidência, mas um sinal do destino.

Eu me sentia ligada àquele serzinho que estava para vir ao mundo por um laço vivo e fortíssimo, embora estivéssemos tão longe e eu nem ao menos tivesse visto o barrigão. Era 6 de agosto de 2008.

Só faltava aquela notícia para me tirar definitivamente o sono. Naquela noite não preguei o olho.

Só a ideia de entrar em um avião me enchia de angústia, e, além disso, ir para tão longe, para o Oriente, um lugar do qual eu mal tinha ouvido falar e que conhecia apenas por estereótipos, me assustava demais. Eu imaginava as pessoas com a pele amarela. E, além disso, nunca tinha entendido como conseguiam ver através daquelas fendas que tinham no lugar dos olhos. Também deviam ser rapidíssimos; seria como botar os pés dentro de um formigueiro enlouquecido. Eu tinha medo. Mais que tudo, porém, era a prova que me assustava. Eu tinha corrido muitas, mas nunca, a não ser a de Djibuti, uma realmente importante. Não sabia o que esperar.

Como seriam as outras competidoras?

Pensava nas atletas de verdade, aquelas que eu tinha como modelo, e me sentia totalmente inadequada. Eu nem tinha um treinador. Sabe-se lá o que Abdi estava pensando no mesmo momento, em sua cama. Naquela manhã, no campo, eu o vira mais agitado do que eu, ou pelo menos assim me parecera. Eu conseguiria correr?

Ou tropeçaria no primeiro passo, ficaria presa no bloco de largada rodopiando no chão como um enroladinho mole de tripa diante das câmeras de TV do mundo inteiro? E mais: quantas pessoas veriam a minha cara? Xassan nos dissera que seria quase um bilhão nos vendo, em todos os países do mundo.

Um bilhão era um número que eu nem conseguia imaginar. Quando pensava em muita gente, pensava no estádio de Djibuti, nas arquibancadas cheias de mulheres, homens, crianças alegres e em frenesi por causa das provas. Mas minha imaginação parava ali. Aquelas deviam ser trinta mil pessoas, talvez. Um bilhão. Um bilhão de pessoas caberiam em qual estádio? Eram coisas que provocavam um redemoinho na minha cabeça. Mas, depois que meus pensamentos davam voltas, a cada retorno paravam na imagem da minha sobrinha que estava nascendo e que já na barriga chutava para correr. E tudo voltava à tranquilidade dos acontecimentos familiares e conhecidos.

Tudo acabaria logo. A China. As Olimpíadas, essa palavra que só de pensar me comovia. Tudo teria apenas a duração de um sonho e depois eu voltaria para casa, abraçaria de novo *hooyo* e meus irmãos, e recomeçaria a correr no meu campo amado e esculhambado, como sempre.

Na manhã seguinte, nós três partimos. Eu, Abdi e o vice-presidente do Comitê Olímpico, Duran Farah.

Não aconteceu como eu esperava, que o nascer do sol levaria embora os medos. Não. A ideia de aterrissar na China me enchia de adrenalina, mas era tudo o que havia *no meio* que me cobria de terror.

Não é que o avião me causasse apenas medo. Ele me provocava um estado de agitação que parecia que eu iria desmaiar. Talvez também porque fazia dias que não comia.

Quando me viram na sede do Comitê Olímpico, Abdi, Xassan e Duran Farah me perguntaram se por acaso eu não tinha adoecido, se não havia contraído malária. Eu estava um trapo. Eles me obrigaram a beber água com açúcar e uma bebida energética. Meu estômago estava tão fechado que tive de ir ao banheiro vomitar aquele pouco de líquido.

No aeroporto, a situação, em vez de melhorar, piorou. Eu nunca estivera ali. Para mim, desde que nasci, os aviões eram dragões que riscavam o céu deixando para trás infinitos rastros brancos. Eu nunca tinha nem pensado que pudesse vir a entrar em um. Muito menos aos dezessete anos para ir a Pequim.

Passamos ao controle de documentos com os vistos especiais que o Comitê Olímpico providenciara para nós com muita dificuldade. Nem eu nem Abdi tínhamos passaporte, porque nascemos com a guerra. Destinados pelos morteiros a viver confinados em nossa terra. Ou, como alternativa, a enfrentar a Viagem.

Para nossa grande surpresa, havia um pequeno grupo de torcedores, dez ou quinze no total, com a faixa azul-celeste com a estrela da Somália na testa, despedindo-se de nós. De longe acenamos, o coração na boca.

Para o controle, eu tinha tomado coragem e tentado parecer o mais saudável possível. Assim que os oficiais passaram, porém, minhas pernas tremiam tanto que procurei um apoio.

Na espera, no portão, permaneci pregada nas poltroninhas de veludo vermelho, enquanto Abdi e Duran lidavam com as máquinas de refrigerante e de café. Quando chamaram para o embarque, eles se entreolharam. Para me botar dentro do avião, me obrigaram a engolir um sonífero dissolvido dentro do conteúdo de um copo de plástico da máquina.

Dormi como talvez só estivesse dormindo minha sobrinha, que ainda iria nascer: o sono dos justos. Doze horas seguidas. Eu desabei logo após a decolagem. Só a visão do mar, que do alto se abriu inesperado sob mim como um milagre que podia ser contido em um abraço, enquanto o avião cortava as nuvens, pôde atrasar o sono alguns minutos. Depois cedi ao poder do remédio.

E a viagem, no geral, foi menos problemática que o previsto.

* * *

Na chegada a Pequim eu estava radiante. Finalmente, no chão, tudo voltara à normalidade.

O aeroporto era moderníssimo, enorme e espetacular. Todo de vidro e aço, era possível se espelhar em toda parte. O oposto do de Mogadíscio, que em comparação parecia o bar de Taageere, todo de madeira e chapas. As portas de vidro abriam-se sozinhas e reproduziam a imagem de três silhuetas, duas vestidas com o uniforme azul e uma de terno escuro, pouco à vontade diante de toda aquela tecnologia: elevadores, escadas rolantes, restaurantes com balcões reluzentes, conexões wi-fi, lojas de computador, máquinas fotográficas, câmeras de vídeo.

Nós nos movíamos devagar em meio a um mar de gente que, ao contrário, quase corria, de todas as nacionalidades e falando todas as línguas. Nós nos sentíamos inadequados diante de tanta velocidade e modernidade.

Era como se chegássemos de outra era geológica. Seria *tudo* veloz assim? Até as minhas adversárias? E eu era mesmo tão devagar? Ou era só uma impressão e na pista seria como as demais? Talvez eu carregasse nos ossos a lentidão do meu país e nunca chegaria ao nível delas.

Assim que saímos do aeroporto fomos atropelados por uma quantidade de pessoas e de cheiros completamente diferentes daqueles com os quais eu estava acostumada. Como se o ar fosse mais doce e denso ao mesmo tempo, mais úmido. Como se em algum lugar estivessem espalhando açúcar de confeiteiro. A impressão era de que havia fuligem em toda parte, e de cada canto um fedor difuso de carvão.

— Ei, Abdi e Samia, mexam-se! — gritou Duran.

Durante o tempo em que havíamos permanecido imóveis olhando ao redor, ele tinha ficado na fila do táxi. Estava de pé ao lado de um homem careca diante do porta-malas aberto do carro amarelo.

— Estamos indo... — dissemos em coro, como dois peixes fora d'água. A mesma frase, em uníssono.

Entramos no táxi, eu e Abdi atrás, e nos dirigimos ao centro da cidade.

Arranha-céus. Arranha-céus por toda parte, tão altos que do carro não era possível ver seus topos. O sol quentíssimo se refletia nas superfícies de vidro e aço, ofuscando de maneira que, para nós, parecia artificial e que nos obrigava a apertar os olhos ou a olhar para baixo. De novo, como dentro do avião, aquele ar-condicionado fortíssimo — parecia que estávamos numa câmara frigorífica.

Do lado de fora, tudo era lindo e enorme. Passamos ao lado do aquário, o gigantesco cubo d'água e de luz. Abdi ficou sem palavras, apontou para ele e não disse mais nada por um bom tempo; achou que fosse mágico. De fato, parecia. Era uma imensa construção de vidro que aparentava transbordar de água. Mas não se via o vidro e a água parecia se sustentar sozinha.

— Mas... — disse apenas.

— Sim, caro Abdi, nunca ouviu falar dele? Claro, é mágico como muitas coisas aqui na China. Nunca ouviu falar da magia chinesa?
— Eu zombei dele. Duran, na frente, ria. Já Abdi estava hipnotizado, mudo.

Vinte minutos depois chegamos.

O hotel também era lindo. Nada a ver com o de Djibuti.

Colunas e pisos de mármore, portas automáticas. O quarto grande e limpo. Havia televisão e telefone. A cama mais macia que eu já tinha experimentado. Carpete. Um armário para guardar minhas poucas coisas. Toalhas de vários tamanhos no banheiro. Duas pias maravilhosas, uma superfície grandíssima com cremes, xampus e condicionadores de vários tipos. No chão, sobre o mármore, um tapete com as cores do Oriente. E a banheira.

Teríamos a tarde toda livre. Duran só nos havia pedido que não nos afastássemos muito. Mas eu não tinha a mínima intenção de sair. Havia um banheiro bonito demais para ser desperdiçado dando voltas pela cidade.

Enchi a banheira. O contato com a água quente foi uma sensação maravilhosa. Toda envolvida em uma grande carícia. O primeiro banho de banheira da minha vida. Imediatamente a empolgação, a adrenalina, os pensamentos e os medos se afogaram dentro daquela água, sugados por seu quente abraço.

Acho que fiquei de molho por pelo menos duas horas.

Depois saí e liguei a televisão. Canais chineses, canais norte-americanos. Eu tinha dificuldade para entender inglês, apesar de ter estudado por anos na escola. Deitei na cama com o controle remoto na mão. Percorri as imagens das Olimpíadas na BBC e na CNN. Eu também, exatamente seis dias depois, estaria dentro daquela tela. O mundo todo me veria correr, leria minha face, como eu estava fazendo agora com os atletas que competiam.

Não dá para mentir, disse a mim mesma. Tudo o que você é será visto. Será visto pelo mundo todo. Um bilhão de pessoas.

Eu me levantei da cama e fui para a frente do espelho, que ia do chão ao teto, ao lado da mesa da TV. Estava muito magra. Parecia mesmo uma folha de grama. Minhas pernas haviam ficado como as de um filhote de cervo, *aabe* estava certo ao me dizer isso quando eu era pequena. Não se fortaleceram muito desde então.

Ensaiei duas ou três expressões, aproximando-me do espelho. Exaustão no fim da prova. Impassibilidade diante da câmera de TV antes da largada. Rosto em tensão durante a corrida. Então explodi numa risada sozinha e deitei de novo.

Eu estava nas estrelas.

Aquela tarde foi ótima. Eu tinha toda a vida pela frente, e toda a minha vida seria plena e maravilhosa. Era uma campeã e tinha todo o tempo do mundo para demonstrar isso. Eu era uma estrela-guia em um tecido salpicado de astros luminosíssimos.

* * *

Seis horas depois nos encontramos no saguão para o jantar. Eu me sentia relaxada e assim também me pareceram Abdi e Duran.

Saímos e nos metemos no primeiro restaurante que achamos.

Abdi estava com uma fome de leão, comeria até a mesa. Teve de se contentar com o arroz de sempre, porém. A comida chinesa lhe dava nojo.

Dois dias depois, em 8 de agosto, aconteceu a cerimônia de abertura dos Jogos Olímpicos. Ser arremessada em um mundo fantástico habitado por outros 10 mil atletas de 204 nações que desfilavam em roupas tradicionais foi a experiência mais emocionante que já me aconteceu na vida. Cada delegação entrava no estádio olímpico em ordem alfabética, por país. Quando chegou a nossa vez, estávamos eufóricos. O estádio estava enlouquecido, ainda empolgado pela radiante cerimônia, uma infinita sucessão de fogos de artifício, jogos de luz, danças, músicas e coreografias que tinham como protagonistas milhares de pessoas, entre bailarinos, percussionistas, cantores líricos. Era uma festa, era uma alegria para os olhos, os ouvidos, o espírito. Uma incrível imersão em um coração multicolorido que é o amor universal, em que todas as cores diferentes nada mais são que os diversos retalhos com os quais é cerzida a respiração do planeta.

Abdi, diante de todos nós, levava com orgulho a bandeira. Alta, elevada, azul como o céu e o mar. Com a estrela branca no centro fincando o firmamento.

Eu, atrás, estava com a nossa roupa tradicional, as trancinhas compridas aplicadas nos cabelos para a ocasião, e me sentia bonita como só estive no casamento de Hodan.

Demos a volta no campo cumprimentando dezenas de milhares de pessoas. Todos nos amavam, e nós amávamos a todos. Mais que a todos, o nosso país.

Naquela noite, na cama, disse a mim mesma que a vida já havia me dado mais do que eu merecia.

Mas estava enganada.

* * *

Quatro dias depois, em 12 de agosto, nasceu Mannaar. Recebi o telefonema de Hodan no hotel, naquela manhã. Ela estava felicíssima. Disse que Mannaar era saudável e linda, idêntica a mim, igual a como eu era quando nasci. Não via a hora de conhecê-la. No meu coração, naquela manhã, senti que aquela menina seria a alegria da minha vida.

No dia da minha prova, 19 de agosto, fazia muito calor. O noticiário da televisão, naquela manhã, dissera que seria um dos dias mais quentes do ano. Mas o calor não me preocupava, estava acostumava com ele. A umidade é que era altíssima, aquele ar me tirava o fôlego.

Eu havia acordado tranquila e com vontade de correr. Naqueles treze dias, Abdi e eu tínhamos treinado bem, em um ginásio esportivo à disposição das equipes que o solicitavam. Eu estava recarregada, cheia de energia.

Já fora do estádio começamos a ouvir o estrondo dos espectadores nas arquibancadas. Parecia o zumbido de uma enorme mosca, que aumentava enquanto entrávamos no ventre da imensa estrutura olímpica.

Eu estaria na bateria com um dos meus mitos eternos, a jamaicana Veronica Campbell-Brown, uma das atletas mais rápidas do mundo. Poder vê-la — em vez de apenas ouvir seu nome no radinho arrebentado de Taageere — e, além disso, saber que correríamos a mesma prova era algo que me dava vertigem.

Ficamos do lado de fora, na beira da pista, saboreando o espetáculo dos outros atletas competindo, por duas horas inteiras. Quanto mais eu olhava os outros, mais minha adrenalina aumentava. Não via a hora de entrar na pista. As arquibancadas eram enormes, as pessoas, muitíssimas. Uma infinidade de cores, de sons diferentes, de vozes e de coros, de faixas em todas as línguas do mundo. Parecia haver ainda mais gente do que no dia da cerimônia de abertura.

Era uma alegria ter o privilégio de olhar aquele espetáculo como protagonista. Ao nosso redor havia corredores, lançadores de dardos, atletas de salto em altura e com vara, alguns vestindo o uniforme de seu país, outros prontos para competir. A cada 15 minutos, surgia um hino nacional diferente e nesse meio-tempo tudo se misturava como em um enorme arco-íris. Abdi e eu estávamos sentados ao lado, no chão, na beira da pista. Diante de nós, passavam gigantes alemães, louros e com os conjuntos esportivos pretos, italianos com os uniformes azuis, ingleses com as camisetas brancas e azul-marinho, e, também, norte-americanos de azul-escuro e vermelho, canadenses de vermelho, portugueses de verde. Era uma embriaguez maravilhosa de sons e cores. Destacando-se mais que todos, qualquer que fosse o uniforme, iam os atletas negros. Perfeitos, altíssimos, músculos esculpidos, reluzentes de unguentos e adrenalina. Ao redor, por toda parte, câmeras de TV, fotógrafos com máquinas compridas como os fuzis dos milicianos, jornalistas que despencavam como falcões com os microfones na mão e as identificações das várias publicações.

Quando cruzavam conosco eles nos olhavam para entender quem éramos, depois iam em frente. Nenhuma frase, nenhuma pergunta. Às vezes, um sorriso de compaixão ou de encorajamento, quando entendiam pelas cores do uniforme que éramos somalis.

Não éramos estrelas.

Então voltamos — haviam sido chamadas as baterias dos 200 metros.

Andando em direção ao túnel que levava para dentro do estádio, com o canto do olho tive a impressão de ver um atleta negro inglês, uniforme azul-escuro, branco e vermelho, com o rosto conhecido. Eu me virei melhor e meu coração quase parou.

A 50 metros de mim, no meio do campo verde, avistei Mo Farah. Estava perto de um velocista que dali a pouco correria o 4 por 100. Este estava sentado no chão relaxando os músculos, e Mo, de pé, falava com ele. Aquele seu perfil delicado, de antílope. Então riram juntos. Senti meus joelhos ficando moles de repente, e a tentação de correr até ele, lhe dizer quem eu era, lhe contar sobre a foto gasta que eu deixava ao lado do colchão havia já quase dez anos. Mas hesitei demais, porque Duran me pegou pelo cotovelo e me levou para dentro. Estavam nos chamando para a entrada nos vestiários.

— Vamos, é a sua vez, Samia — disse apenas, despertando-me daquele sonho de olhos abertos.

Eu tinha trinta minutos para mim, era o momento da concentração antes da prova. Tinha de apagar Mo Farah da cabeça e pensar somente na corrida.

Estava sozinha. Havia uma maca para massagens no meio do vestiário. Deitei, fechei os olhos e fingi que era a grama do estádio de Mogadíscio. Tentei eliminar qualquer tensão.

De repente, como se houvesse se passado não mais de um segundo, ouvi alguém bater delicadamente à porta.

Era Duran; o momento tinha chegado.

Do lado de fora do vestiário, enquanto começávamos a nos juntar no corredor, eu me vi como era: diferente das outras. A parede do túnel que conduzia à pista era coberta de espelhos, nossas imagens eram evidentes demais, todas juntas como estávamos, para que eu não notasse isso.

Minhas pernas, em comparação com as das outras, pareciam dois raminhos secos. Eram sem músculos, retas. Não havia os relevos que eu via nas pernas das demais: eu estava sem quadríceps, sem panturrilhas. E, além disso, também sem deltoides, sem trapézio, sem bíceps. As outras pareciam fisiculturistas, comparadas a mim. Pernas e ombros inchadíssimos, panturrilhas enrijecidas ao extremo. Eu não só não tinha os equipamentos para desenvolvê-los, os músculos, como sequer tinha um treinador. E, além do mais, não tinha comida suficiente, a não ser a que *hooyo* conseguia arranjar. *Angero* e água. Ou arroz e couve cozida.

Eu era a mais baixa, a mais magra e a mais nova. Aquele espelho impiedoso me revelou tudo isso antes da prova.

E mais: elas usavam conjuntos chamativos e lindos, que evocavam as cores das bandeiras de seus países. Regatas e bermudas de tecidos especiais que aderiam aos corpos vigorosos. Eu tinha meu habitual conjunto da sorte. Uma camiseta branca que *hooyo* lavara na semana anterior e que eu havia cuidadosamente deixado no fundo da bolsa. Ainda tinha o perfume de sabão de cinzas. Minha calça fuseau preta que chegava abaixo do joelho. Na cabeça, a faixa branca que *aabe* me dera quase dez anos antes e que sempre levei comigo, em cada corrida, até aquele dia.

Nenhuma das outras me fitou. Estavam perfeitamente concentradas.

Eu deveria estar também, mas tudo era diferente demais daquilo com o qual eu estava acostumada. Tinha a impressão de estar em uma situação irreal, em um sonho. As câmeras de TV, os jornalistas, as arquibancadas lotadas de gente, aquele contínuo barulho abafado que obrigava a berrar nos ouvidos para sermos ouvidas, as atletas do mundo todo, os perfumes de seus desodorantes, bem na minha frente, debaixo do meu nariz. Veronica Campbell-Brown. Tudo era simplesmente inacreditável.

Naquele momento, voltou à minha mente Mo Farah, meu compatriota à vontade no meio do campo, rindo em inglês enquanto encorajava um atleta branco. O oposto de mim. Aos nove anos ele já estava na Inglaterra, tudo era normal para ele. Chegou com sua família.

Eu tinha dezessete anos e era a segunda vez que botava o pé fora do meu país. A primeira que saía do meu continente. A primeira que estava junto com tantos brancos, tantos europeus, americanos, chineses. E já me sentia uma sortuda.

Por um instante, revi o rosto de Mo, relaxado, sereno, seguro. Pensei que talvez ele tivesse acumulado uma vantagem que eu nunca mais recuperaria. Depois disse a mim mesma que era bobagem, eu também chegaria onde ele estava.

Após cinco longuíssimos minutos fomos chamadas e saímos, recebidas por aplausos atordoantes, todos para Campbell-Brown. A umidade era altíssima, fazia cintilar a pista de atletismo a distância.

Era a mesma pista de sempre, longa como sempre, mas, para mim, parecia enormemente maior. Com o dobro de comprimento, infinita.

Passei diante de Veronica Campbell-Brown: linda, perfeita, imperiosa como uma estátua, cheirosa como uma diva. Que perfume usava? No desenho nítido das pernas parecia residir toda a sua potência.

Eu estava na segunda raia, a mais interna. À minha esquerda, a primeira raia estava vazia. Já à direita eu tinha Sheniqua Ferguson, aquela que todos consideravam uma promessa, originária das Bahamas. Depois, na quarta, a canadense Adrienne Power, ela também fortíssima.

Naqueles segundos intermináveis, procurei fazer a única coisa que devia fazer: esvaziar a mente, pois havia o risco de meus pensamentos me tirarem dali.

Eu me agachei.

Ajeitei os pés no bloco, o direito e o esquerdo, fazendo de conta que estava sozinha, que me encontrava no Estádio Konis para um treino com Abdi. Ou no pátio, ainda criança, com Alì verificando os pés no bloco que *aabe* tinha construído com as caixas de frutas.

Havia só eu e os 200 metros de pista à minha frente.

Apoiada sobre os joelhos, abri bem os dedos das mãos na linha branca da largada, como Alì me ensinara. Um. Dois. Três. Quatro. Cinco. Seis. Sete. Oito. Nove. Dez. Um número para cada dedo, para me concentrar na espera.

Um pensamento em *aabe*, para dar sorte.

Depois, como de dentro de uma bolha de infinito, aguardei apenas o disparo do árbitro de partida.

Bum.

A pistola. Um estrondo da multidão.

As demais partiram como gazelas, como libélulas ou colibris.

Rapidíssimas.

Abandonaram os blocos sem que eu nem reparasse.

Percebi que perderia a prova já desde o primeiro momento. A cada passada, o distanciamento entre mim e o grupo aumentava. Irrecuperável. As adversárias cortavam o ar, de trás pareciam potras avançando no vento.

Continuei a correr. Ergui a cabeça e me impulsionei ao máximo.

Ainda estava na curva quando as outras já respiravam ofegantes depois da linha de chegada.

Corri a segunda metade da pista sozinha. Mas naqueles últimos 50 metros aconteceu uma coisa inesperada.

Uma parte do público se pôs de pé e começou a bater palmas. Eles me incentivavam, gritavam meu nome, me encorajavam. Como no dia da minha primeira vitória no Estádio Konis. Só que, dessa vez, o barulho era ensurdecedor.

Eu preferia que não fizessem isso. Que não se dessem conta de que eu era tão inferior.

Atravessei a linha de chegada quase 10 segundos depois da primeira, Veronica Campbell-Brown.

Dez segundos. Uma infinidade.

Não senti vergonha. Somente um forte sentimento de orgulho pelo meu país. Instantâneo, assim que passei pela linha de chegada. As pessoas continuaram a aplaudir, enquanto Campbell-Brown cumprimentava o público e concedia uma entrevista atrás da outra, dentro de uma nuvem de jornalistas.

Em silêncio, dei a volta de honra com a bandeira da Somália no pescoço. Sem clamores, sem que ninguém, talvez, reparasse. Com os olhos, enquanto eu corria, procurei Mo Farah no centro do campo. Não estava lá. Olhei melhor ao redor. Não o via em lugar nenhum. Devia ter voltado, perdido dentro das curvas infinitas do estádio olímpico.

Tudo havia terminado. Agora havia terminado mesmo.

Assim como tinha surgido, tudo ficara para trás.

Eu tinha chegado por último, mas, ainda assim, e isso foi incrível, menos de dez minutos depois eu também fui afogada pelos jornalistas de todo o mundo. A garotinha de dezessete anos magra feito um prego que vem de um país em guerra, sem um campo e sem treinador, que luta com todas as suas forças e chega por último. Uma história perfeita para espíritos ocidentais, entendi naquele dia. Eu nunca tinha visto as coisas por este ângulo.

Não gostei. Aos jornalistas eu respondia que teria preferido que as pessoas me aplaudissem porque eu tinha chegado em primeiro, não em último. Mas tudo que eu conseguia era um sorriso de piedosa comoção.

Eu mostraria a eles.

No vestiário, debaixo de uma ducha gelada, jurei a mim mesma que chegaria às Olimpíadas de Londres de 2012 preparada como Campbell-Brown.

Com os músculos no lugar e o coração grande e potente como o de um touro.

Em 2012 eu seria a vencedora.

Pelo meu país e por mim.

20.

Ao voltar, a vida se tornou ainda mais difícil.

Eu recebia muitas cartas, em casa ou no Comitê Olímpico, de mulheres muçulmanas que haviam me elegido heroína, o ideal delas. Dezenas, centenas de cartas. A cada semana chegavam algumas. Escritas à mão, algumas à máquina. Sem querer, eu me tornara um mito para milhares de mulheres, que me viram sem os véus nas televisões do mundo todo. Naquelas cartas dos Emirados Árabes, da Arábia Saudita, do Afeganistão, do Irã, havia uma paixão ilimitada. Esperança. Sonhos. Confiança. Eu me transformara em um símbolo aos olhos do mundo.

Mas, por esse mesmo motivo, andar pelas ruas se tornara ainda mais problemático. Espalhara-se o boato de que os fundamentalistas do Al-Shabab me odiavam. Odiavam tanto a mim quanto a Abdi, mas eu era mulher e, portanto, duplamente ameaçadora.

Eu era obrigada a vestir a burca para cobrir meu rosto no país que eu tinha representado diante das câmeras de TV do mundo todo. Felizmente havia Hodan que, de longe, me dava felicidade.

A essa altura, conseguíamos conversar quase todas as noites e com frequência eu também levava *hooyo* ao bar de Taageere, onde Hodan, que nesse meio-tempo arranjara uma pequena webcam, nos mostrava Mannaar e nos cantava seus versos por Skype. Era verdade o que ela e *hooyo* diziam: éramos cara de uma, focinho da outra. Era idêntica a mim quando nasci. Hodan dizia rindo que queria que ela virasse uma atleta, exatamente como a tia.

Enquanto isso, eu continuava a treinar todos os dias com Abdi. Com o passar das semanas, porém, entendemos que nosso desempenho nunca melhoraria. Precisávamos de um apoio, de um treinador, de uma dieta, de um campo de verdade e não mutilado por balas, de equipamentos. Em Mogadíscio, não existia nada disso, tudo era cada vez mais complicado, a cada dia que passava.

Não parei de treinar por um ano, juntamente com Abdi, todos os dias da semana. Um ano. Um ano inteiro suando para melhorar nossos tempos a cada minuto que nos era concedido. Ainda assim não melhorávamos como deveríamos, com a rapidez que esperaríamos, considerando até a nossa idade. Participávamos, e até vencíamos, de competições na Somália ou em Djibuti, mas não era o suficiente.

Alguma coisa tinha que mudar. À noite, na cama, suplicava à fotografia de Mo Farah que me fizesse achar um caminho. Sabe-se lá onde estaria agora, e o que fazia. Abdi e eu tentamos procurar um treinador, em Mogadíscio, mas parecia que não interessávamos a ninguém. Ninguém se interessa pelo atletismo em um país onde tudo são tiros. Os senhores da guerra não tinham motivo para nos apoiar e os integrantes do Al-Shabab nos queriam mortos, assim como haviam matado meu pai e a mãe de Abdi. Nem o Comitê Olímpico tinha a força e a energia para se encarregar de nós.

Éramos doidos que cultivavam sua loucura. Uma loucura que tinha como sonho a paz, a esperança de vivermos juntos como irmãos. Mas minhas loucas preces noturnas a Mo Farah enfim foram ouvidas, embora de um modo diferente do que eu esperaria.

Naqueles meses, conheci uma jornalista norte-americana que costumava visitar Mogadíscio para acompanhar o esporte da África Ocidental. O nome dela era Teresa. Teresa Krug.

Teresa foi me encontrar no Estádio Konis certa manhã, fizemos uma entrevista e eu logo simpatizei com ela. Ficamos quase amigas. Ela voltava para me visitar com frequência, mais ou menos uma vez por semana.

Íamos até certo ponto em nossas conversas, pois puxei o temperamento esquivo e introvertido de *hooyo*: não gosto de responder a perguntas particulares demais. A família. Nossa pobreza. Meu pai. Meus amigos. Meus irmãos. Minha irmã que fez a Viagem. Não sinto vontade, só quero falar da corrida.

Nas horas que passávamos juntas, Teresa sempre me dizia que eu tinha talento e que deveria ir embora. Dizia que conhecia um treinador em Adis Abeba, na Etiópia.

Um dia, durante um dos nossos bate-papos, ela me perguntou se eu não gostaria de conhecê-lo. Ela já tinha lhe falado de mim. Ele me vira em Pequim e acreditava que na minha corrida havia boas margens de melhora.

Quanto mais ela me repetia isso, mais eu sabia que era a única coisa a fazer. Não havia outro caminho, se eu quisesse continuar a perseguir meu sonho. Se ficasse ali, eu logo me reduziria a uma folha murcha.

Além do mais, isso era o que eu mais queria na vida: ter um treinador, ter um lugar normal onde pudesse treinar, como qualquer atleta no mundo, refeições nutritivas e balanceadas para o meu físico, bons tênis, boas camisetas, boas bermudas.

Seria alegria pura. Mas eu havia feito uma promessa para mim mesma e para *aabe*, muitos anos antes, e não queria quebrá-la.

Teresa, naqueles meses, voltou ao ataque muitas vezes e eu sempre respondi não. Ela até me ajudaria a partir, tentaria facilitar os procedimentos para os documentos.

Apesar disso, eu estava firme na minha posição: não deixaria *hooyo*, meus irmãos e meu país por nada no mundo.

Um dia venceria as Olimpíadas e faria isso como mulher somali e muçulmana.

Com o rosto descoberto e os olhos voltados ao céu.

Através de uma câmera de TV, falaria ao mundo todo sobre o que significa lutar sem meios para alcançar a libertação.

21.

Então, pouco tempo antes de Teresa voltar para os Estados Unidos, aconteceu uma coisa inesperada.

Depois do jantar eu tinha saído, coberta pela burca, para retornar ao Estádio Konis. Às vezes, eu ainda fazia isso. Não ia lá para treinar, mas para sentir a grama sob as costas, para ficar um pouco olhando as estrelas, para fazer o que gostaria de fazer na praia e não era permitido: relaxar, me perder na plenitude do céu, deixar os pensamentos voarem.

Na volta, *hooyo* e meus irmãos já estavam na cama, o pátio vazio e silencioso. Só o grande eucalipto dominava, despreocupado com tudo. Não soprava sequer um fio de ar, as folhas estavam imóveis.

Exatamente no centro do pátio notei uma pequena trouxa no chão. Eu me aproximei. Era um *hijab* branco dobrado e atado nos quatro cantos, formando um saquinho. Era tão estranho. Será que *hooyo* tinha esquecido algo do lado de fora? Só que parecia ter sido colocado ali de propósito, como se fosse para ser achado. Bem no meio da grande clareira de terra branca.

Eu o abri.

E perdi o fôlego.

Dentro havia uma montanha de notas.

Tentei contá-las depressa. Devia ser um milhão de xelins. Dinheiro demais. Uma família viveria confortavelmente por dois anos com ele. Comendo carne duas vezes por semana, peixe às sextas-feiras. Era uma fortuna.

Quem poderia...?

De repente, ouvi um barulho surdo vindo daquele que tinha sido o quarto de Yassin e Alì. Já fazia anos que não era usado, mas pareciam milênios. Por um tempinho, enquanto *aabe* estava vivo, ele e Said se serviram dele como depósito, depois ninguém mais o tocou. Havia séculos que eu não botava os pés lá. Desde que tinham partido eu agi como se não existisse mais, como se nunca tivesse existido. Eu me enchia de tristeza só de pensar em todo o tempo que Alì e eu passamos nele.

Então aquele barulho de novo.

Devia ser um gato, ou talvez um rato. Mas nunca tinha ouvido ruídos assim vindos de lá.

Eu me aproximei da porta, devagar. Nada, nenhum som. Então abri e fiquei na soleira. Estava tudo escuro, a luz do luar mal passava pela porta, e o cômodo fedia a umidade, a lugar fechado e a poeira.

Aos poucos, meus olhos começaram a se acostumar com a escuridão.

O quarto estava cheio das grandes caixas de *aabe* e Said, e havia também alguns equipamentos e muitas caixas para frutas de *hooyo*, amontoadas. Tudo tinha sido deixado perto da porta e cobria a visão do fundo, onde eu lembrava que ficavam empilhados os colchões da família de Alì.

De repente, ouvi de novo o mesmo barulho de antes, porém mais forte. Devia ser um rato. Dei alguns passos à frente.

Então vi.

Um colchão havia sido mudado de lugar e fora encostado na parede do fundo. Em cima dele, sentada de pernas cruzadas, havia uma sombra.

Soltei um grito sufocado e dei um pulo para trás, topando com uma grande caixa de papelão e perdendo o equilíbrio. Eu estava no chão. Fiz um movimento brusco para me levantar, quando ouvi uma voz.

— Samia.

Era um homem, talvez um rapaz, alguém, enfim, do sexo masculino, e a voz não me dizia nada.

— Samia, sou eu, não está me reconhecendo?

Apertei os olhos e observei a sombra com atenção. Tinha os cabelos compridos e tufos de barba desalinhada no queixo e nas bochechas.

Um arrepio de terror percorreu minha espinha.

Não disse nada.

— Sou eu, Alì.

Cheguei perto. Podia ser mesmo Alì aquele homem barbudo? Era dele aquele rosto marcado, chupado, sofrido?

Dei mais um passo adiante e toquei o colchão com o pé. Os olhos eram os do meu melhor amigo, mas estavam escondidos atrás de uma máscara de dureza.

Ajoelhei-me no colchão e imediatamente, daquela distância, me veio o instinto de tocá-lo.

No início, ele se retraiu, mas depois cedeu.

Nós nos abraçamos com força, como nunca tínhamos feito em toda a nossa vida. Naquele colchão empoeirado, no fundo de um quarto cheio de teias de aranha e umidade.

— Você voltou? — perguntei.

Lembrei daquela noite de muitos anos antes, quando *aabe* me dera um par de tênis e eu tinha entrado naquele mesmo cômodo para lhe mostrar. Ele estava deitado no colchão e escondia a cabeça debaixo do braço. Era pequeno, na época. Uma criança.

— Estou indo embora — respondeu ele.

Sua voz soava estranha. Só seus olhos, pequenos e próximos, e o nariz achatado se pareciam com o que eu me lembrava. Ao redor dos lábios havia uma penugem preta, eu não os via bem.

— Como assim está indo embora, se acabou de voltar?

— Fiquei tempo demais, não devíamos ter nos encontrado.

Seu tom de voz era áspero.

— Por que veio para casa?

— Para deixar o *hijab* para vocês...

Uma pausa. Então explodiu em um choro e me contou tudo.

Ele havia entrado para o Al-Shabab muitos anos antes, pouco depois que seu pai Yassin tomara a decisão de partir de Bondere.

Seu irmão Nassir já havia sido recrutado, seguira o amigo Ahmed. Foi um golpe duríssimo para *aabe* Yassin, que o expulsou de casa. Temia que Alì também acabasse percorrendo o mesmo caminho, indo atrás do irmão mais velho. E então se mudaram para longe, para o sul, na pequena aldeia de Jazeera, onde Yassin e *aabe* haviam nascido e crescido. Lá seu pai esperava mantê-lo distante dos extremistas. Mas se enganou, porque Ahmed e Nassir o haviam apresentado ao comitê dirigente do Al-Shabab desde antes que partissem. Foi por isso que naquela tarde Ahmed o procurou.

Foi um período difícil para ele: seguir o irmão ou escutar o pai? No fim, cedeu. Pouco depois da mudança para Jazeera, deixou a casa de Yassin e acompanhou Nassir.

Pela primeira vez em sua vida, sentiu-se tratado como um jovem de valor, frequentou uma escola, aprendeu a escrever, tinha uma residência digna, um banheiro, uma refeição três vezes por dia.

— Lembra que quando eu era pequeno nem sabia ler? — perguntou de um jeito seco. — E que só depois, graças a você e à corrida, aprendi naqueles manuais velhos da biblioteca?

Minha voz estava presa na garganta, não consegui responder. Fiz apenas que sim com a cabeça, enquanto acariciava seu braço.

— Desde o dia em que segui meu irmão, conquistei tudo. Aquilo que nunca tive, o que nunca fui antes.

Apertei sua mão e fiz sinal para que continuasse.

Yassin renegou a ele e ao irmão, mas desse modo os dois se viram livres para ter a vida que nunca teriam. Com instrução, roupas limpas e a barriga cheia.

Ele se destacou desde o início nos estudos do Alcorão, no uso das armas e na estratégia militar. Logo tomou o lugar de Nassir e até de Ahmed, que nesse meio-tempo haviam sido enviados a um campo de treinamento perto do arquipélago de Lamu, no norte do Quênia. Muito jovem, chegou a ganhar a confiança de Ayro em pessoa, o líder do Al-Shabab.

Nesse momento, Alì parou. Não conseguia mais continuar.

Eu pedi que fosse em frente, em seus olhos havia uma frieza e um vazio que me assustavam, mas aqueles soluços imploravam escuta, a remissão dos pecados.

— Continue, Alì, estou aqui — falei, engolindo o meu nó na garganta e acariciando seu rosto.

— Tive que fazer uma coisa horrível... tive que fazer uma coisa que eu nunca teria...

E explodiu de novo em um choro contido. O muco saía de suas pequenas narinas, parecia o menino que sempre conheci. Eu segurava firme suas mãos e lhe disse para não se preocupar.

Enquanto isso, meus olhos haviam se acostumado com a penumbra, agora eu distinguia melhor os traços, o tecido bom das roupas.

À nossa volta havia apenas silêncio e um forte cheiro de mofo.

Alì respirou, enxugou as lágrimas e continuou.

Os fundamentalistas conheciam minha irmã Hodan e a mim, e nos chamavam de "as duas pequenas subversivas". E também conheciam nosso pai, que nunca quis se curvar aos senhores da guerra do Islã. Sabiam que nós dois havíamos crescido juntos, na mesma casa. Depois da minha vitória em Hargeisa, Ayro botou na cabeça que devia me dar uma lição para fazer minha vontade de correr passar.

Tinham que tirar *aabe* do caminho.

E, assim, Ayro foi até Alì e lhe pediu que indicasse *aabe* para o homem que atiraria nele.

Não teve escolha. Era a coisa mais cruel e desumana, como se lhe houvessem pedido para matar o próprio pai. Ainda assim, se não tivesse aceitado, teria feito com que muito mais pessoas voassem pelo ar. Em vez disso, com alguém que o conhecia, só *aabe* seria atingido.

Então, naquela manhã, no mercado de Bakara, escondeu-se no meio da multidão e ficou ao lado de *aabe* um tempo. Sentiu seu cheiro, do qual lembrava perfeitamente. O perfume da roupa, que durante anos havia sido o mesmo da sua, que *hooyo* lavava para a família dele também.

Depois os olhos de Alì se tornaram gélidos e ele parou de falar.

Eu estava petrificada. Aquelas palavras haviam entrado nos meus ouvidos, mas era como se não quisessem percorrer todo o caminho até o cérebro e ficassem paradas ali, à espera de uma sacudida que as fizesse cair. Não sei o que fiz, talvez nada. Talvez tenha gritado ou chorado. Não sei. E também não sei quanto tempo se passou.

Então Alì se levantou e disse que o dinheiro era tudo o que havia ganhado naqueles anos, e queria que fosse nosso. Com um sorriso amargo, disse que, no fim, ele também era como seu pai, que quisera ressarcir *aabe* com dinheiro quando havia sido ferido em seu lugar. Sabia que não compensaria, mas era a única coisa que podia fazer.

— Eu me arrependi, Samia. Agora estou fora do Al-Shabab.

Não abri a boca.

— Se conseguir, me perdoe... *abaayo*...

Silêncio.

Antes de se virar, tocou de leve meu ombro com a mão.

Quase na soleira da porta, acrescentou:

— Você vai ver que chegará às Olimpíadas de Londres também.

Foram as últimas palavras que o escutei pronunciar.

Depois foi embora.

Eu me virei.

Dele ficou para mim a imagem das costas largas e pretas recortadas na luz da lua.

* * *

Fiquei assim sabe-se lá por quanto tempo. Parada, com as lágrimas que riscavam meu rosto e mil perguntas alfinetando minha cabeça.

Estava confusa.

O que Alì tinha me contado, uma coisa que devia ter repetido muitas vezes para si mesmo na solidão de sua cama, era perturbador.

Como pôde?

Como pôde se esquecer de todas as vezes que *aabe* o segurou no colo e, quando era pequeno, lhe deu de comer, enquanto seu pai Yassin tomava conta dos outros irmãos? Como pôde não se lembrar das infinitas ocasiões em que *hooyo* lhe serviu de mãe, o lavou, vestiu e cozinhou para ele?

Como pôde?

Eu tinha essas e mil outras perguntas na cabeça. Mas tenho certeza de que foi quando suas costas se destacaram na luz da lua é que tomei a decisão de ir embora.

Em um momento, dentro daquela imagem, todo o mundo colapsou para sempre. Se meu país havia sido capaz de transformar em um monstro aquele que, para mim, sempre tinha sido um irmão, minha alma gêmea, se o transformara no assassino do meu pai, então significava que eu não valia realmente nada para o meu país.

Aabe era a Somália. Mas a Somália agora estava morta, assassinada por um irmão.

Eu estava desperdiçando meu tempo. Já tinha jogado fora anos e talento demais em um lugar que não me queria. Que não perdia a chance de me lembrar disso, obrigando-me todos os dias a me encher de vergonha e de suor, e a me submeter às piores humilhações, nas ruas, em toda parte.

Fazia anos que eu estava exausta, mas nunca quis admitir.

Hodan estava certa.

Eu faria como minha irmã.

Faria como Mo Farah.

* * *

Na manhã seguinte, pedi que Said me emprestasse seu telefone. Liguei para Teresa na América e lhe disse que partiria com ela. *Hooyo* entenderia, os irmãos se resignariam.

— Eu me decidi, vou com você para Adis Abeba — falei.

22.

Hodan estava feliz com a minha decisão, dizia que finalmente eu tinha tomado coragem de ir embora daquele país e perseguir meu sonho de verdade. Nesse meio-tempo, ela se mudara com seu marido Omar e com Mannaar para Helsinque, onde logo o governo providenciaria para eles uma casa e um salário mensal.

Mannaar era minha alegria. Com quase um ano e meio ainda era idêntica a mim na idade dela. Olhos espertos e impertinentes, bem comprida, bem magra. Hodan faria de tudo para inscrevê-la em um curso de atletismo já a partir do segundo ano de idade, como, aliás, era comum naquele país.

Do dinheiro de Alì eu não quis sequer um xelim. Em acordo com *hooyo*, decidimos que ela ficaria com a metade e a outra seria mandada a Hodan, para Mannaar. Ela não deveria desperdiçar nem um dia. E logo saberíamos se de fato tinha talento, mas por enquanto começaria do melhor modo, e quem sabe chegaria à primeira prova com a compleição de Veronica Campbell-Brown. Ela venceria mais que eu e antes de mim.

A espera interminável pelos documentos para a expatriação foi cadenciada por uma ternura sem fim que eu tinha começado a sentir por tudo o que estava mais perto de mim, dos meus irmãos e minhas irmãs, por *hooyo*, e por todos os meus lugares habituais. Até com Abdi um dia eu explodi num choro em uma pausa do treino, quando estávamos sentados no meio do campo. Falei que ele e o Estádio Konis me fariam muita falta.

— Como você vai conseguir sentir falta de uma pista cheia de buracos de balas? — perguntou ele enquanto amarrava os tênis e se preparava para voltar a correr.

Verdade.

Ainda assim, eu sabia que sentiria falta de tudo e vivia cada minuto tentando absorver o máximo de memória possível, assimilando detalhes que seriam úteis para mim.

Em outra tarde aconteceu a mesma coisa no bar de Taageere, quando ele insistiu que eu bebesse um *shaat* em sua companhia.

— Logo você vai embora — falou. E eu explodi num choro de novo. — Não chore, campeã — continuou, enquanto servia um pouco de leite no *shaat*, o bom e velho Taageere, que tinha o rosto riscado por rugas tão profundas que parecia uma daquelas máscaras que representam Iblis, o demônio. Só que tinha olhos bons, curvados para baixo em uma expressão de ternura constante. — E quando estiver lá logo vai se esquecer de nós. Quando voltar, será tão famosa que não terá nem tempo de vir me dar um oi — disse, enquanto terminava de misturar o chá. — Se fizer isso, juro que vou buscá-la em casa e farei com que me conte tudo, custe o que custar.

Eu acabei chorando no ombro dele e assim descarregando um pouco da ânsia que embrulhava meu estômago. Ele me abraçou e depois mudou de assunto, docemente, falando em voz baixa, como sempre.

Levei seis meses para partir. Esse foi o tempo necessário para arrumar os documentos para a expatriação.

Teresa supervisionou todo o processo de longe e, quando chegou a hora, voltou a Mogadíscio. Tornara-se minha referência. Eu havia decidido me entregar a ela.

Teresa tinha apenas vinte e seis anos, mas já tinha tido muita experiência, vivido em muitos países, e sabia como se mexer. Finalmente resolvera confiar nela, abandonando qualquer resistência. Era meu salvo-conduto para a liberdade.

O dia do adeus com *hooyo* e meus irmãos foi muito triste. Diferentemente de Hodan, que havia surpreendido a todos com sua partida, minha despedida durou um dia inteiro, desde a tarde anterior. Eu voltaria logo, dizia, a Etiópia não era longe. Assim que começasse a vencer mais provas internacionais teria até dinheiro para ir e vir sempre que desejasse.

Eu tinha pegado o essencial: quase nada, como sempre. Meu conjunto de corrida. O uniforme. Alguns xelins. A faixa de *aabe* e a foto de Mo Farah, arrancada da parede dez anos depois. A essa altura estava gasta, não era mais papel, mas um desenho e um sonho impressos em asas de borboleta. As duas medalhas de Hargeisa haviam ficado lá, penduradas naquele prego já enferrujado pela umidade. *Hooyo* dera para mim também o lenço com uma das conchas dentro, aquelas que *aabe* lhe dera de presente, muitos anos antes. Queria que eu usasse o lenço sempre, era sua proteção. Ela o dobrou, fazendo dele uma faixa, e o amarrou no meu punho, apertado com dois nós. Entre as dobras, no meio, nem era possível ver a pequena concha.

— Assim leva com você seu amado mar — falou *hooyo*. — Todo o mar dentro dessa concha.

Teresa me esperou um pouco, no táxi, antes que eu pudesse me desgrudar de *hooyo*. Era mais forte que eu, não conseguia abandoná-la. No fim, cerrei os punhos, dei-lhe um último beijo e fui ao encontro do meu novo destino como um soldado, ou um guerreiro, vai para a batalha.

Viajaríamos de avião, aterrissaríamos depois de duas horas de voo, às 14h.

Era a segunda vez que eu chegava ao aeroporto de carro, mas o estado de espírito era muito diferente. Para o voo, nem precisei do sonífero. Estava tão triste que não tinha medo de nada. O medo é um luxo da felicidade.

Em poucas horas, desde que eu tinha conseguido os documentos, tudo na minha vida havia mudado. Naqueles que me pareceram poucos instantes, como se eu houvesse sido arremessada através do tempo, eu estava em outro lugar, em outro mundo, pronta para uma nova partida.

Durante a viagem, eu e Teresa conversamos sem parar. Teresa me dizia sempre para me concentrar no que viria, deixando de lado o que havia retardado minha carreira. Seria necessário esforço, mas eu seria capaz. Se eu tinha chegado às Olimpíadas só com minhas pernas, conseguiria fazer aquilo também.

23.

No aeroporto de Adis Abeba, quem nos esperava era Eshetu Tura em pessoa.

Ele tinha sido atleta na juventude e agora treinava corredores de talento. Seria meu *coach*. Era alto e magro, os ombros musculosos contrastando com os cabelos grisalhos, o rosto já sem o frescor da juventude. Não era como eu o havia imaginado; na minha cabeça, era mais jovem, mas era muito elegante, tanto no vestir como no jeito.

Sua gentileza e sua educação me inspiraram uma confiança imediata.

— Bem-vinda à nossa cidade, Samia — disse-me em inglês, enquanto me estendia a mão.

— Muito obrigada, senhor... — Fiz uma pausa enquanto apertava sua mão. Não sabia como me dirigir a ele, se pelo nome ou pelo sobrenome.

— *Coach*. Pode me chamar só de *coach*, por ora.

Ele abriu um grande sorriso que me deixou à vontade. Depois apontou para a bolsa que eu tinha deixado no chão, como se quisesse dizer que ele a levaria. E assim fez. Teresa viajava com uma mala de mão; ficaria lá apenas alguns dias. Deixei que Eshetu colocasse minha bolsa a tiracolo.

— Agora vamos. Temos um táxi esperando.

A cidade era muito maior que Mogadíscio e muito mais moderna também. Os edifícios estavam intactos, o reboco e as sacadas não caíam aos pedaços, o que me parecia um milagre. Foi por isso que baixei a janela e aproveitei o ar novo que chegava de fora. Precisava daquele vento fresco no rosto para me dar conta de que tudo estava mudando. Cada coisa era permeada por um cheiro diferente, embora a paisagem fosse parecida com aquela com a qual eu estava acostumada.

— O ar aqui é cheiroso — disse para Teresa, que estava sentada atrás, junto comigo.

— Não é cheiroso, é normal, Samia. É só que não dá para sentir o fedor da pólvora.

Eu nunca tinha pensado nisso. O fedor da pólvora havia nascido antes de mim, gerado pela minha irmã mais velha, a guerra, e eu nunca o separara do cheiro normal de ar. Agora respirava o ar como devia ser e aquele vento já me transformava.

O táxi deixou nós duas, Teresa e eu, em um hotel, onde passaríamos alguns dias, até eu me acomodar na minha nova habitação. Nós nos despedimos de Eshetu e combinamos de encontrá-lo dali a dois dias.

Depois do hotel, eu viveria em um pequeno apartamento em um bairro perto do campo esportivo com outras onze garotas, somalis e etíopes. Foi Teresa que o achou, graças a um amigo jornalista que com frequência visitava Adis Abeba. Seria minha nova casa. Claro, não teríamos muito espaço, mas pelo menos custava pouquíssimo; além disso, eu não podia me dar a nenhum luxo.

Dois dias depois, Teresa foi embora. Uma nova dilaceração. Rompia-se, com ela, o laço que me unia à minha cidade. Havíamos nos tornado amigas e tivemos tempo para nos afeiçoar uma à outra. Agora eu estava sozinha de novo. Mais uma vez, uma pessoa querida para mim me deixava.

Nós nos despedimos como se despedem duas irmãs.

— Até logo, *abaayo* — falei, parada à porta do quarto do hotel que eu deixaria naquele mesmo dia.

— Nos vemos em breve, Samia. Quem sabe quando você for aos Estados Unidos para uma prova importante — disse ela, com lágrimas nos olhos, antes de fechar a porta.

A partir daquele dia eu estaria sozinha.

Sozinha com minha vontade de correr.

* * *

O apartamento tinha apenas dois quartos, mais uma cozinha e um banheiro. Era pequeno, e éramos doze, mas eu nunca tive tanto conforto.

Fiz logo amizade com duas garotas etíopes, Amina e Yenee, desde o momento em que nos conhecemos. Tinham a minha idade e trabalhavam no campo, como as outras nove, nos arredores de Adis Abeba. Eram todas operárias agrícolas, chamadas por jornada. A casa em que morávamos pertencia ao dono da terra que as empregava.

Trabalhavam em dois turnos, manhã e tarde. Amina e Yenee em geral faziam o da tarde, portanto costumávamos cozinhar juntas. A cozinha era realmente pequena e toda coberta, do piso às paredes, pelos mesmos azulejos verde-água. Havia um forno e um fogão. Ao lado, uma pia, um bufê para os pratos e os copos, e uma geladeira. A primeira da minha vida.

Amina e Yenee me faziam provar os pratos da tradição etíope e eu as fazia provar os somalis. Nós nos entendíamos com gestos, mas logo inventamos uma língua nossa, uma mistura de somali, etíope e inglês.

O apartamento era no quarto e último andar de um pequeno prédio não muito feio, com um reboco vermelho. Lá embaixo havia também um jardinzinho onde os cachorros faziam suas necessidades. Dormíamos seis em cada quarto, em seis colchões encostados uns nos outros. O meu, como fui a última a chegar, era o mais distante da porta. Para alcançá-lo, era preciso passar por cima das outras.

No fim do dia, as meninas estavam muito cansadas, o trabalho nos campos as esgotava.

Algumas, desde o início, pegaram antipatia comigo, principalmente duas somalis da periferia de Mogadíscio, que me viam como uma princesa que não tinha nada de melhor para fazer na vida do que correr.

Certa noite em que estávamos juntas na pequena cozinha, antes de ir para a cama, Amina, cansada dos papos maldosos das duas, soltou a notícia de que eu tinha ido às Olimpíadas correr pelo país delas.

— Eu estou me lixando para onde esteve antes de vir para cá — respondeu uma das somalis, que era linda, poderia ser uma modelo. — Agora está aqui como a gente, dá para ver que as coisas também não vão muito bem para ela.

Não estava totalmente errada.

— E, além do mais, ela nem venceu — acrescentou a outra, alta e corpulenta, um ar de apatia eterna nos olhos, como se tudo a aborrecesse. — Podia ter passado uma imagem melhor da gente.

Ela também não estava completamente errada.

Nas primeiras semanas, de todo modo, eu respirava o perfume da liberdade, aquele da ausência da pólvora. Tinha algumas amigas e podia sair pelas ruas sem correr o risco de levar um tiro. Ir ao mercado, que era muito menor que o de Bakara, mas ainda assim cheio de coisas e de gente, fazer compras lá ou em algum supermercado pequeno, voltar para casa e cozinhar.

Coisas normais que, para mim, pareciam incríveis. Eu me sentia plena de energia, cada acontecimento me enchia de entusiasmo.

Mas entendi logo que não seria fácil como eu pensava. Estava ali para correr. Eu teria feito isso desde o primeiro dia, mas Eshetu, no início, tinha me comunicado que ainda não era possível. Eu devia ter paciência, talvez duas semanas. As coisas ainda não estavam prontas para mim, mas logo estariam.

Eu me sentia uma potra sem rédea e sem sela. Precisava alongar as passadas, manter os músculos em movimento.

Os dias se passavam e minha impaciência crescia. Fazia exercícios em casa, quando as demais não estavam; porém, mais que tudo, tinha vontade de correr.

Logo comecei a trabalhar também, à tarde: para me sustentar, eu ajudava a dona da casa, a mulher do proprietário da terra, a costurar rendas nos vestidos. Ia ao seu apartamento, que era ao lado do nosso, no mesmo corredor, e passava quatro horas costurando junto com ela e mais trinta mulheres os mais variados tipos de rendas em milhares de vestidos femininos. Aqueles que as mulheres do Islã usam por baixo dos véus, cheios de transparências e sensualidade. Era o trabalho dela, e eu a ajudava, sentada no chão em um grande cômodo junto com um mar de garotas. Ficávamos ali, em silêncio, percorrendo aquelas tramas secretas, tecendo fios de futuros prazeres proibidos. Ninguém falava. A patroa ligava o rádio e trabalhávamos ao som da música tradicional etíope. Eu ganhava pouco, mas ainda assim era alguma coisa. E, além do mais, talvez a menina somali tivesse razão: eu não podia trabalhar nos campos, tinha que preservar meu corpo para a corrida.

E, de fato, trabalhava só pensando em quando voltaria a correr.

Então a verdade veio à tona.

Eu não podia usar o campo enquanto não chegassem os documentos da Somália que atestavam que eu era uma atleta do Comitê Olímpico em asilo político em outro país.

Já haviam se passado seis semanas. Um mês e meio sem corrida. Tentei fazer com que Eshetu entendesse que era um suicídio, que eu deveria correr mesmo assim, porque aqueles documentos demorariam meses, ou até anos, para chegar, e eu, nesse meio-tempo, poderia até me esquecer de como era feita uma pista de atletismo. Tentei fazer com que ele entendesse que as coisas na Somália eram piores do que ele imaginava. Que aqueles documentos poderiam levar anos para chegar. Procurei de todos os modos convencê-lo a me deixar treinar com seus outros atletas. Mas não houve jeito.

— Não podemos, Samia. Sinto muito, você tem que pôr isso na cabeça — repetia a cada ofensiva minha, com aquela sua voz gentil. — Não podemos.

Eu insistia, não podia acabar assim, não era possível que eu tivesse que esperar meses antes de recomeçar.

— Mas eu corri nas Olimpíadas! Sou uma atleta famosa! Sabe quantas mulheres me escreveram? — explodi certa ocasião.

Nada feito, não colava. A resposta era sempre a mesma.

— Não podemos.

Eu ia lá todos os dias, cada vez com a esperança de que fosse a hora certa. Uma tarde não fui trabalhar e apareci no escritório dele aos prantos. Estaria disposta a tudo para começar. Eshetu ficou furioso, disse que eu não podia ir lá assim, de repente, porque ainda não tinha a autorização para usar a estrutura, se me descobrissem seria até pior. Insisti mais. Nada. Então, no fim, quando eu havia decidido parar e estava quase saindo de cabeça baixa, ele disse:

— Mas pode ser que exista uma solução. É a única.

Ele me olhava com a cabeça inclinada através dos pequenos óculos para presbiopia que usava para ler.

Eu, do outro lado da mesa, pulei na cadeira.

— Estou disposta a tudo — respondi.

— Você pode correr à noite. Quando os outros atletas deixam o campo.

De novo à noite. De novo sozinha. Ainda mais sozinha.

Era o mais distante possível do que eu esperava quando tinha resolvido partir.

Estaria novamente na clandestinidade.

Só que era ainda pior. Não estava mais no meu país, era uma estrangeira sem documentos, sem passaporte. Nada de oficial que atestasse minha identidade e minha origem. Ser somali significava isso também. Não podermos ser reconhecidos na casa dos outros.

— Você tem que botar na cabeça que para algumas pessoas aqui você é uma *tahrib*, Samia. Tem que tomar cuidado com o que faz — continuou Eshetu. — Não pode se expor demais.

De *pequena subversiva*, como me definira Alì, eu tinha virado uma *tahrib*, uma clandestina.

Era esse o meu destino? Voltar à época em que entrava no Estádio Konis de madrugada e treinava por horas em silêncio?

Mas não havia alternativa, se quisesse correr.

— Tudo bem. Vou treinar à noite, quando os outros tiverem ido embora.

E foi assim. Foi assim que todos os dias eu me encontrava com Eshetu no acesso ao campo, olhava os outros irem embora, cansados e felizes depois de um dia de treino. E então entrava, de cabeça baixa, nos vestiários que ainda cheiravam ao suor e ao sabonete do banho deles.

Enquanto o sol descia e a lua se levantava, eu fazia minha entrada clandestina na pista.

A primeira corrida foi uma libertação e uma alegria para as pernas, paradas por tempo demais. Finalmente os músculos podiam voltar a funcionar, a fazer explodir sua potência.

Mas nada me tirava da cabeça que eu era uma espécie de camundongo indesejado.

Nos primeiros dias, Eshetu esteve lá, me olhava correr e me corrigia, me passava exercícios direcionados.

Era ótimo ter pela primeira vez um treinador profissional que se preocupava comigo. Eu sentia que só assim poderia crescer como atleta. Ele podia me moldar na ideia do corredor perfeito.

"Você gasta energia demais, Samia", dizia ele.

"Levanta demais os calcanhares."

"Mexe demais os braços. Parados!"

"Você não tem que girar os ombros durante a passada, Samia! Quantas vezes tenho que repetir isso? Do início!"

"Seus olhos devem estar sempre fixos na linha de chegada. Não desvie o olhar, está perdendo tempo!"

"Essas mãos, Samia! Deixe-as paradas! Paradas! Cada movimento inútil é a perda de alguns décimos!"

"Você não tem quadríceps, Samia. Sinto muito. Antes de tudo deve ganhar músculos. Malhar nos aparelhos. Não pode mover um trem nas rodas de um carrete!"

"Fôlego, fôlego, fôlego! Tem que trabalhar o fôlego e os músculos, senão como acha que pode correr?"

"Tiros e musculação, Samia. Lembre-se. Tiros e musculação. Por seis meses, todos os dias: duas horas de tiros e uma hora e meia de musculação!"

Duzentas arrancadas de 50 metros no máximo da potência, todos os dias. E 45 minutos de musculação antes e depois de cada treino.

Só isso, por semanas e mais semanas. Por cinco meses.

Todas as semanas eu ligava para casa, no celular de Said, e contava que ia tudo às mil maravilhas. Morava em um apartamento lindo e treinava com um *coach* que estava extraindo o melhor de mim.

Todos estavam contentes, *hooyo* chorava todas as vezes e ficava aliviada ao ouvir minha voz. Para mim, era o único jeito de ir para a cama tranquila.

Eshetu, no início, permanecia durante todo o treino. Depois me deixava sozinha para terminar as arrancadas e fazer musculação. No fim, nem ficava mais: eu sabia o que tinha de fazer. Ele voltava para casa para comer com sua família. Comigo continuava apenas o guarda do campo, o velho Bekele. De vez em quando, surgia de sua guarita e me aplaudia, me incentivava. Eu avistava sua sombra miúda, a silhueta iluminada pela lua atrás dele.

Eu estava contente em me fortalecer e satisfeita com o trabalho que Eshetu estava me mandando fazer. Só que eu tinha necessidade de disputar, de me confrontar com os outros. Uma necessidade que se tornava cada vez mais urgente. Todo aquele esforço trazia resultados? Eu precisava do que mais gostava na corrida: competir. Medir ao extremo minhas forças. Vencer.

Naqueles meses em Adis Abeba, entendi que vencer era um combustível insubstituível, só a vitória podia me dar a energia para continuar. Mas ali não era possível. Para competir, eu precisava da luz do dia, não da escuridão da madrugada. Precisava de outros atletas.

Mas eu estava de novo sozinha, à noite, dentro de um campo. Sob a luz de uma lua nova.

Quanto mais se passavam os meses, mais crescia a certeza de que os documentos da Somália não chegariam. E com eles nunca chegaria a possibilidade de Eshetu me tratar como os demais, inscrevendo-me nas competições, fazendo-me disputar, colocando-me à prova.

Às vezes, eu ia ao campo antes do fim dos treinos e os olhava correr, do lado de fora, depois da rede, por medo que Eshetu me visse e se irritasse. Se me descobrissem ali, ele dizia, se fizessem uma inspeção e me encontrassem, eu corria o risco de não poder usar o campo nem de madrugada. Então eu ia um pouco antes e os olhava correr, do lado de fora. Ficava agarrada à rede metálica verde de losangos e os contemplava. De vez em quando, me escondia atrás de uma cerca viva perto de um medidor de eletricidade e de lá os espiava, como se espiam os agraciados pelo destino, pela sorte.

Esquecia as provas que tinha vencido, as Olimpíadas, tudo. Eu me transformava em uma amadora com o sonho da corrida. E eles me pareciam inalcançáveis. Eram perfeitos. Velozes. Era como estar diante da televisão. Potência, precisão, dedicação, vontade. Havia tudo em seus gestos.

Eles eram tudo aquilo que talvez eu nunca pudesse ser. Eu permanecia uma *tahrib* que corria sozinha.

Mas na verdade eu desejava apenas uma coisa: vencer.

Aos poucos, sem que eu nem me desse conta, naqueles meses comecei a alimentar secretamente a vontade de ir embora dali também. Eu reparava que, às vezes, com Amina e Yenee eu falava de Adis Abeba e da nossa casa como se já pertencessem ao passado, como se eu sentisse a necessidade de começar a guardar as lembranças de lá. Apesar de estar ali.

Vivi aqueles últimos meses em uma espécie de contagem regressiva melancólica para o futuro. Quanto mais eu sentia o clima de incerteza sobre o que estava para vir, mais me esforçava para gravar na memória aqueles lugares e aquelas sensações. Como em Mogadíscio seis meses antes. Eu previa que essas memórias me acompanhariam em uma viagem que eu não conseguia me decidir a fazer, mas que sentia ser cada vez mais necessária.

Eu dizia coisas do tipo: "Um dia vou sentir falta das receitas de vocês e de toda a bagunça que fazem antes de ir para a cama." Elas me olhavam e não entendiam. Pensavam que eu sofria de nostalgia da minha casa e de *hooyo*, e que às vezes ficava melancólica.

A verdade, entendi depois, é que aqueles seis meses voaram e deram fôlego à vontade de fugir para sempre daquela condição de *tahrib*.

Lentamente, dia após dia, tomou forma o desejo de encontrar Hodan na Finlândia, de arranjar um bom treinador em um lugar onde eu não fosse clandestina e pudesse fazer tudo como uma pessoa normal, uma garota qualquer.

Era isso: mais que qualquer outra coisa, eu queria me sentir normal, comum. Eu tinha que ir embora dali. Era o único caminho para me qualificar para as Olimpíadas de Londres e tentar vencê-la. A essa altura eu tinha entendido.

Certo dia, às dez da manhã, depois de ter organizado tudo às escondidas e sem dizer nada a ninguém, nem a Eshetu ou a Amina e a Yenee, enfiei minhas poucas coisas dentro da bolsa e fui embora.

Na mesa, os *birr* para o aluguel da semana e um bilhete: *Para Yenee e Amina. Amo vocês. Boa sorte, Samia.*

* * *

Saí a pé, sozinha. No bolso o dinheiro que ganhei nos seis meses de trabalho.

Como Hodan, eu chegaria à Europa.

Enfrentaria a Viagem.

Era 15 de julho de 2011, eu já estava com vinte anos e ainda faltava um para me qualificar para as Olimpíadas.

Eu conseguiria, não havia dúvidas.

Em pouco tempo, estaria longe dali.

Finalmente salva.

Salva.

24.

Achar os traficantes de pessoas tinha sido fácil. Todos os somalis que estavam em Adis Abeba sabiam quem eles eram, e nas últimas semanas eu tinha feito as perguntas certas. Cedo ou tarde cada somali que morava na Etiópia os procuraria para entrar no Sudão. E, de lá, na Líbia. Depois, por fim, na Itália.

Não tinha sido difícil encontrar Asnake.

Como fachada, Asnake trabalhava no mercado de Adis Abeba. Eu tive de pagar em *birr*, a moeda etíope, o equivalente a 700 dólares. Ele ou algum amigo seu me levaria a Cartum, no Sudão. Eu não contava com muito mais, mas não tinha escolha, nem vontade de esperar. Fui até Asnake e ele me disse para ter paciência, que não podia partir imediatamente. Ele me comunicaria quando meu dia chegasse.

Esperei aqueles últimos dez dias tentando permanecer tranquila e não dar a entender nada a Amina e Yenee; não queria perguntas, não queria me explicar.

Então, naquele dia, por volta das dez da manhã, Asnake mandou um rapaz me chamar em casa.

Partiríamos três horas depois. A primeira vez que eu o vira, ele me avisara que eu não teria tempo de me preparar, que aconteceria quando tivesse de acontecer, que eu teria de sair imediatamente. Mas na verdade eu não precisei de preparativos, já esperava aquele momento havia dias. Assim, coloquei minhas poucas coisas na bolsa, enrolei no punho o lenço de *hooyo* com a concha, peguei uma garrafa d'água, deixei o bilhete para Amina e Yenee, e fui.

Enquanto realizava, tão decidida, esses pequenos gestos, não podia imaginar ao que estava me entregando.

O local de encontro era uma garagem usada como depósito para consertar motos ou bicicletas. Quando cheguei, já estavam quase todos lá, parados, esperando. Éramos muitos, todos juntos; eu sempre havia imaginado que seria só eu, ou pelo menos que seríamos poucos. Em vez disso, contei, éramos 72.

Ficamos parados uma hora sem saber o que fazer, dentro daquela garagem com a porta de enrolar abaixada. Doze metros quadrados. A cada minuto eu me perguntava o que aconteceria. Mantinha a bolsa apertada debaixo do braço. Meu passado, minha história: imediatamente precisei sentir um contato com algo familiar, uma memória. No meio de tanta gente, há o risco de se perder, de ceder, isso eu entendi logo. Havia mães com crianças, muitas mulheres e alguns idosos também. O fedor de gasolina e óleo queimado contaminou rapidamente o pouco oxigênio; além disso, o mau cheiro do suor dos corpos em pouco tempo gerou um odor nauseabundo. Estávamos em contato, tão apertados que a pele dos nossos braços se tocava, sob os véus estávamos molhadas, os homens tinham gotas nos rostos. E esperávamos. Ninguém sabia exatamente o quê.

Uma hora depois, as crianças começaram a chorar. Aquela espera insensata estava consumindo nossos nervos. Tivemos que aguardar mais. Após outra hora, a porta de enrolar se abriu e chegou o Land Rover com seis homens.

Quando entendi que os 72 deviam se enfiar na caçamba aberta daquele jipe, minhas pernas cederam e tive que me segurar na mulher que estava ao meu lado. Os demais: alguns desesperados, outros pareciam saber de tudo.

Sem nos dar tempo de raciocinar, mandaram que amontoássemos em um canto tudo o que tínhamos. Tudo. Eles cuidariam da nossa bagagem depois. Era permitido apenas um pequeno saquinho de plástico. Um dos traficantes distribuiu um por cabeça. Ninguém queria se separar de sua bagagem, dentro havia o que restava das nossas vidas. Borboletas prematuras, não queríamos abandonar nosso casulo. Pensei na faixa, no recorte de jornal, toquei a concha no punho. Então, como se uma lâmpada tivesse acendido em minha mente, pensei em voltar atrás, em correr para casa e picar em pedacinhos o bilhete na mesa e fingir que nada tinha acontecido. Cedo ou tarde os documentos chegariam, eu só tinha de aguentar firme.

Os traficantes se aproximaram para arrancar as bagagens daqueles que estavam mais na frente e não queriam soltá-las. Alguns tentaram resistir; a resposta foi que podiam permanecer ali, se não concordassem.

Eu queria mesmo ficar em Adis Abeba? Por quanto tempo? A vida toda? Por quanto tempo seria obrigada a correr com a lua, como uma barata? Abri a bolsa e peguei a faixa de *aabe*, a foto de Mo Farah, um *qamar* e um *garbasar*, e deixei o resto no canto.

Minha bolsa foi imediatamente coberta por mil outras.

No centro da caçamba do jipe, os seis homens, em silêncio, estenderam dois bancos, de modo a formar quatro filas de lugares. Parecia impossível que todos pudéssemos caber ali. Devagar, porém, com uma precisão cirúrgica que lembrava a habilidade de certos artesãos, eles nos encaixaram como peças de um quebra-cabeça.

Tínhamos que manter os joelhos abertos para receber a perna de um desconhecido no meio.

Eu estava tão apertada que mal conseguia respirar. Queria fugir, de novo. Então um menino começou a berrar no meu ouvido e eu despertei.

Tentei lembrar o motivo pelo qual eu estava ali. Tinha que continuar.

A viagem duraria três dias, era importante que não tivéssemos conosco nada além do saquinho: aquilo seria nosso espaço vital por 72 horas, disseram. Não podíamos levar nem água. Eles tinham galões para todos.

Fizeram outra rodada de controle e tomaram algumas coisas daqueles que se achavam espertos.

Meia hora depois, apertados como sardinhas e já com a respiração presa na garganta, finalmente partimos. Um motorista e seu ajudante na cabine e 72 na caçamba. Os outros quatro homens ficaram no chão remexendo as malas.

Uma vez em movimento, entendemos: nós as deixaríamos lá para sempre. Assim como lá para sempre eu deixava minha vida como havia sido até aquele momento. Intuí isso já nos primeiros metros, comprimida no meio daqueles corpos estranhos. Nada mais seria igual. Eu estava deixando para trás a África, minha família, minha terra. Meu casulo, fosse ele grande, fosse pequeno, bonito ou feio. Tudo o que restava da minha história estava esmagado dentro de um saquinho de plástico branco.

Era isso que valia a minha vida até aquele momento? Meu coração dizia outra coisa, de tanto que batia no meu peito.

Segurei as lágrimas, mordendo forte os lábios. Fechei os olhos no meio de todos aqueles braços, ombros, cotovelos e rezei para *aabe* e para Alá. Que me fizessem encontrar o caminho.

O meu caminho.

O primeiro trecho era na cidade. Naqueles vinte minutos dentro de Adis Abeba senti vergonha. Uma vergonha não dividida por 72, mas multiplicada por 72. Eu me senti uma nulidade. Paramos em um sinal, o que dava para a estrada nacional. Os olhos que nos olhavam estavam cheios de piedade e desconfiança ao mesmo tempo.

Por que tínhamos aceitado nos reduzir a isso, nos perguntávamos.

Então saímos e finalmente embocamos na estradona do deserto, como é chamada por todos: a grande estrada que leva ao norte. A cada buraco, eu achava que meu fígado estouraria, ou meu baço, por causa da dúzia de cotovelos que apertavam de todos os lados. O asfalto da cidade cedera ao habitual chão de terra, que se abria com a chuva e com o sol quente, e, portanto, era salpicado de buracos profundos.

A estrada era toda reta e mantínhamos uma velocidade constante de cerca de oitenta quilômetros por hora, mas, pouco depois, naquelas condições, algumas pessoas começaram a passar mal. Eu tinha falta de ar, às vezes sentia que ia desmaiar e era obrigada a fazer um esforço sobre-humano, pegando impulso nos outros para me levantar dois ou três centímetros e ir buscar ar novo. Eu sempre tinha em mente o vento, que Alì me dizia para transpor. Extensões de verde borrifadas por vento e borboletas amarelas. Era isso que eu tinha na cabeça. Disso meus olhos estavam cheios. Isso eu me obrigava a imaginar, para não pensar.

No início, ninguém tinha coragem de reclamar, era mais um sussurro abafado. Depois a cantilena se tornou mais barulhenta, até desembocar no vômito.

Como não podíamos mexer os braços, o vômito acabava em cima de quem estava ao redor. Não podíamos nos proteger, janelas escancaradas ao mundo e a qualquer tipo de intempérie.

Passamos no meio de duas aldeias pouco povoadas.

Aqueles pequenos centros haviam sido precedidos por outdoors enormes e coloridos. Dois leões com grandes jubas e, embaixo, o nome de uma agência de viagens que divulgava safáris: um grande jipe com os dizeres CONQUISTE SEUS SONHOS.

À beira das estradas, havia alguns vendedores que expunham aos canos de descarga as verduras ou as frutas colhidas pela manhã. Ou barracas de madeira que vendiam batatas fritas, água, biscoitos, salgadinhos, sucos, chicletes.

À nossa passagem, as poucas pessoas na estrada nos acompanhavam com o olhar. Talvez fôssemos engraçados, ou ridículos. Ou talvez estivessem acostumados, nos olhavam com a mesma curiosidade com a qual se olha uma folha que voa levada pelo vento e depois cai. No início, nas primeiras horas, eu não queria me sentir parte daquela comunidade, fiz de tudo para pensar nela como uma situação temporária. Pensava nas Olimpíadas de Londres de 2012 e dizia a mim mesma que eu não tinha nada ver com aquilo tudo. Mas depois cedi. Aceitei que aquela, agora, era a minha condição. Eu havia me transformado em uma *viajante*. Não tinha escolha, se quisesse sobreviver.

E tínhamos nos tornado um corpo único.

Eu devia coordenar cada movimento com os cinco ou seis que estavam ao meu lado.

De vez em quando, pelo caminho, cruzávamos com mulheres que voltavam dos campos, com grandes cestos na cabeça, ou grupos de crianças descalças que corriam atrás de nada e ficavam atônitas ao nos ver passar, um jipe transbordando de gente.

Por volta das onze da noite, após dez horas, finalmente paramos. No meio do nada. Tínhamos pegado uma estradinha lateral e a percorremos por trinta minutos. Estava um breu total. Não havia nada ao redor, apenas um galpão.

Descer foi muito mais penoso que subir.

Minhas articulações estavam enferrujadas, tive dificuldade para dobrar os joelhos e para andar. A corrida. Como um raio, a corrida me veio à mente, uma iluminação repentina. Os mais idosos não conseguiam esticar as costas. Horas demais com o peso sobre o osso sacro e alguns nem tinham conseguido apoiar os pés no fundo da caçamba.

Com muito esforço, eles fizeram descer um a um. Uma mulher, que em Adis Abeba sorrira para mim para me dar coragem, me olhou com rancor. Não me reconheceu. Dura. Todos pareciam muito mais duros. Fechados dentro de sua couraça.

Tínhamos que dormir naquele galpão iluminado por uma única pequena lâmpada de néon no centro. A luz era fria e espectral. No chão, nada de colchões. Levaram o jipe lá para dentro também e trancaram o portão.

Só então me dei conta de que até aquele momento eu tinha vivido em apneia, como se houvesse prendido a respiração quando aquele garoto fora me chamar no meu apartamento de Adis Abeba. Quando fecharam o portão por dentro com uma grande tranca e eu me vi no chão em um canto, sem nem uma esteira, esse foi meu despertar.

Aquela era a Viagem. Hodan já havia passado por ela.

Em um instante, tudo subiu, junto com o estímulo do vômito. O corpo se acostumara com buracos e movimentos bruscos; ficar parada fez minhas vísceras borbulharem. Muitos vomitavam no chão, onde dava. Vi de novo os olhos das pessoas no sinal de trânsito em Adis Abeba. Elas nos olhavam como uma nulidade, como se fôssemos coisas que estavam se deslocando de um lugar ao outro.

Nenhum de nós tinha dito nada, nem reclamado. Em duas horas, fechados dentro daquela garagem de Adis Abeba que fedia a gasolina e a suor, havíamos conseguido anular nossa dignidade.

Antes de apagar a luz, distribuíram barrinhas de cereal e recomendaram que descansássemos. Partiríamos de novo em seis horas, ao amanhecer, às cinco da manhã.

O segundo dia foi ainda pior. As dores, até então contidas com a raiva, haviam aflorado todas. O ombro direito me dava fisgadas lancinantes. Ficar sentados, comprimidos e sem a possibilidade de nos mexer era enlouquecedor. Pouco depois, comecei a sentir a necessidade de me mexer. Tentei algumas vezes, mas a única coisa que conseguia era aquela subida de dois ou três centímetros que salvava a vida. Eu estava apertada dentro de uma camisa de força.

Algumas pessoas, de vez em quando, gritavam para o ar.

Então, pouco depois, se acalmavam.

Encontramos um único povoado, maior que os outros dois. Devia ser o dia do mercado porque na estrada havia um desfile de barraquinhas que vendiam roupas, sapatos, chapéus de palha, óculos escuros, calças jeans, óleo para motor e limpadores de para-brisa, véus de mulher, turbantes de homem, pepinos, pêssegos, alface, tomates, biscoitos, leite, refrigerante. Tudo passou diante de nós rápido como uma miragem.

Algumas pessoas gritaram para o motorista parar; ele seguiu adiante, como se nada estivesse acontecendo.

Depois a vegetação começou a baixar; as árvores sumiram completamente para dar espaço aos arbustos, que estavam por toda parte. Assim como a poeira, que se erguia à nossa passagem e em poucos minutos cobria o jipe e nossas cabeças. Aquele pó fino. Eu o amava. Era o mesmo que Alì e eu levantávamos e que ia acabar nos *shaat* dos velhos. Eu me peguei rindo. A mulher ao meu lado me olhou como se eu fosse louca. Não me suportava. Fez um muxoxo, para demonstrar que eu lhe dava nojo. Ignorei-a. Continuei a rir, sozinha, embalada pelas minhas memórias salvadoras.

Naquela noite, por volta da meia-noite, com um dia de antecedência, nos disseram que havíamos chegado.

Do lado de fora de um centro habitado viam-se algumas luzes a distância. Pararam o jipe e nos mandaram permanecer a bordo. Algumas pessoas imediatamente começaram a exultar, a fazer barulho, achavam que tínhamos conseguido. Estavam enganadas.

Então um homem pediu silêncio. Era melhor tentar entender o que os dois traficantes queriam nos comunicar, em uma língua que não era a nossa, uma mistura de árabe e sudanês. Por sorte, alguns de nós entendiam árabe e faziam a tradução.

— Não estamos em Cartum — disse o traficante. — Estamos a dois quilômetros de Al Qadarif, depois da fronteira com o Sudão. Se alguém não estiver de acordo, pode continuar a pé.

Al Qadarif é uma pequena cidade no deserto. A má notícia era que não estávamos onde havíamos pagado para estar. A boa, que não nos encontrávamos mais na Etiópia. Sem nos dar o tempo de reagir, os dois voltaram para a cabine e deram partida no jipe.

Eles nos levaram para dentro de uma garagem de novo e, sem dizer uma palavra, nos entregaram a outro grupo de traficantes, que já estavam lá nos esperando. Quando entramos, nos vimos diante da mesma cena de Adis Abeba: um jipe e seis homens que se moviam nervosos. Fumavam e cuspiam no chão xingando em uma língua que nenhum de nós entendia.

Tínhamos sido enganados.

Descer foi ainda mais difícil que no dia anterior.

Nossos corpos estavam se acostumando a não responder mais aos comandos, a ser obrigados a posturas antinaturais e dolorosas, e a movimentos constantes e ligeiros.

Alguém tentou dizer algo. Eram dois etíopes, levantaram a voz. Um estava sozinho, o outro viajava com a mulher e três filhos pequenos. Tinham ficado sentados lado a lado por horas. Batiam no peito e depois na cabeça com as mãos, diziam coisas que eu não entendia, mas que não pareciam amigáveis, contra os primeiros traficantes. Estes, como se não fosse nada, ligaram o motor e disseram que quem estivesse insatisfeito poderia voltar com eles. Imediatamente. Eles até devolveriam o dinheiro, disseram. Não entendi se estavam brincando ou não. Em todo caso, ninguém mexeu um dedo.

Em um instante partiram, junto com o jipe que havia sido nossa casa por dois dias inteiros.

Ficamos lá, um olhando para a cara do outro, sem saber o que fazer. Logo eu entenderia que isso, mais que tudo, é o que muda você para sempre na Viagem: ninguém, nunca e em nenhum momento, sabe o que vai acontecer um minuto depois.

Enquanto ainda estávamos em pé, tentei puxar conversa com uma garota somali que viajava com a irmã, para ter o conforto de uma voz. De uma voz que falasse a minha língua. Tudo acontecera tão rápido. Em dois dias eu tinha conseguido esquecer quem era.

— De onde vocês são? — perguntei. — De Mogadíscio?

Ela não respondeu. Estava com o olhar fixo na irmã mais nova, ainda agachada no chão para alongar os joelhos e vomitar.

— Vocês são somalis? — tentei novamente.

A garota virou-se, a face estava coberta de pó branco, até dentro do *hijab*, na linha do cabelo. Parecia um fantasma, uma máscara branca com os olhos apagados.

— Sim — respondeu, com um fio de voz. Então se inclinou sobre a irmã e acariciou sua cabeça.

Logo entendemos que precisaríamos de mais 200 dólares para chegar até Cartum.

De novo um Land Rover velho e enferrujado.

Partiríamos dali a uma semana.

Quem tinha o dinheiro podia pagar de imediato, os demais deviam encontrar um trabalho ou pedir que os parentes enviassem o dinheiro a um Money Transfer que nos indicaram, perto dali. Os traficantes possuíam um telefone via satélite com o qual se podia ligar para casa. Os 200 dólares, para quem não tinha na hora, virariam 250.

Nem pestanejei, e paguei.

Dormi durante uma semana naquele cômodo em cima de um colchão úmido de mijo de cachorro ou de cabra.

Lá fora estava cheio de cabras que baliam a qualquer hora do dia e da noite, como se estivessem possuídas, sedentas, famintas, loucas como nós. Que caiam na cabeça delas mil litros de água podre e imbebível.

25.

Uma semana depois, parti de novo. Nesse meio-tempo, tudo havia mudado. Como uma planta que de repente dá seus frutos, daquele colchão fétido germinou a semente do meu egoísmo. Eu comecei a pensar só em mim. Tudo era subordinado à minha sobrevivência. Tornei-me mais selvagem, solitária. Meu único objetivo era chegar ao fim da Viagem. Eu tinha me colocado naquela situação sozinha, e aquela situação me transformara. Para sempre. Em pouquíssimos dias. Não podia mais sair dela, a não ser que voltasse a pé. Só podia prosseguir. E aceitar minha transformação. Eu tinha que conseguir a qualquer custo. Não mais o objetivo final. A sobrevivência.

Éramos menos numerosos dessa vez, 48. Havia um pouco mais de espaço, mas eu tinha a sensação de que ia desmaiar a cada buraco.

Todos sabíamos que o pior da Viagem ainda estava para chegar: a travessia do Saara. Cada um conhecia dezenas de relatos, sabíamos que o Saara era a pior provação. Por isso fazíamos de tudo para não pensar nisso. Além do mais, havíamos descansado por uma semana e tínhamos um pouco mais de espaço. Isso nos colocou em uma espécie de euforia.

Cantávamos. Naquela segunda etapa, cantávamos. Para passar o tempo, para marcar as horas. O espaço ao redor não ajudava. Não havia nada. Uma interminável vastidão ocre de nada. Terra, terra por todos os lados, poeira fina que se erguia e se enfiava na nossa garganta, se não protegêssemos a boca com o véu. Terra e arbustos secos. E uma trilha, aquela na qual estávamos, reta como um fio de prumo, apontada para o norte.

Nós nos revezávamos cantando músicas dos nossos países. Quem começou foi uma mulher etíope, com o filho de onze meses no colo. Seus compatriotas se juntaram a ela em coro. Nós, somalis, também fizemos o mesmo depois, e enfim os sudaneses.

Tudo para não pensar. Se Hodan estivesse ali ficaria feliz. Quem sabe ela também cantou em sua Viagem. Talvez tenha feito um grande sucesso. Um dia ela me contaria. Não agora. Não faz sentido pensar mais à frente do que aquilo que temos diante do nosso nariz. O futuro não existe.

Depois de vinte horas de carro, paramos de novo.

Diante de uma construção de tijolos circundada apenas por aquele deserto empoeirado.

Ao redor, nada.

Era madrugada, mas havia pelo menos seis horas que não víamos nada além de terra e pedras. Pedras e terra. Então, de repente, a vegetação baixa se confundiu com o terriço e logo tudo se transformou em areia. Uma areia fina.

Sem percebermos, tínhamos entrado no Saara.

Daí os cantos. Foi para isso que serviram.

Logo entendemos que, mais uma vez, não nos encontrávamos em Cartum, mas em um lugar que nos foi apresentado como Sharif al Amin. Também esse motorista e seu acompanhante só falavam sudanês e um pouco de árabe. De novo, alguns dentre nós traduziam.

Houve um imprevisto com o jipe, foi o que nos disseram, e fomos obrigados a parar.

Você entende isso cedo, na Viagem. Que a verdade não é uma coisa que pertence a quem foge e precisa de refúgio. Aquele jipe não estava quebrado, aquele jipe estava ótimo. Mas nós quisemos acreditar naquilo somente porque queríamos descer e esticar as pernas e a coluna. Troca-se a verdade pela sobrevivência. Por pouco. Por um nada.

Somente um somali se enfureceu. Era magro, tinha a aparência de intelectual, usava óculos pequenos com uma armação fina, as lentes cobertas por uma camada de pó com a qual devia estar acostumado.

— Vocês são trapaceiros sujos — disse ele em árabe. — Ladrões e canalhas! Trapaceiros de quinta categoria — berrou, espumando pela boca.

O ajudante do motorista aproximou-se dele e lhe deu um bofetão. O homem caiu no chão. Os óculos se quebraram, partindo-se ao meio. Com dificuldade, com as partes quebradas dos óculos nas mãos, levantou-se e insistiu:

— Vocês dão nojo. São trapaceiros de quinta categoria.

O traficante lhe deu um chute na altura da panturrilha e o fez cair de novo, dizendo:

— Calado, *hawaian*.

Animal.

Estávamos nas mãos deles.

Eles sabiam disso, aprenderam a entender quando um homem se transforma em um *necessitado de abrigo*. Leem isso nos olhos. É uma coisa que se vê. Clara como o sol que nasce, como a água que corre. É uma coisa que você traz escrita nos olhos. Pode fazer de tudo para disfarçá-la, mas nunca conseguirá. É o cheiro do animal submisso.

Lá, pela primeira vez, fomos chamados de "animais". Quando você entra no deserto, deixa de ser humano. Eu já tinha sido *tahrib* em Adis Abeba, mas agora eu era uma *tahrib* necessitada de abrigo. Uma clandestina fragilíssima. Um animal ligado à vida por um fio cada vez mais fino.

Eles enchem você de pancadas.

Se não tiver dinheiro: enchem você de pancadas.

Se não obedecer às ordens: enchem você de pancadas.

Se ousar responder: enchem você de pancadas.

Se pedir mais água: enchem você de pancadas.

Eles não se importam se você é homem ou mulher, se é adulto ou criança: enchem você de pancadas.

Se reclamar demais: levam você à polícia.

E ali você tem apenas dois caminhos. Pagar aos policiais para ser entregue a outros traficantes ou ser levado de volta, à fronteira com a Etiópia.

Cedo na Viagem aprendem-se o silêncio e a prece.

Cedo na Viagem aprende-se a esquecer o motivo pelo qual se está lá, e a praticar o silêncio e a prece.

Em Sharif al Amin, naquela casa de tijolos, que, afinal, era uma prisão com grades nas janelas, fiquei dez dias. Dois litros de água a cada 24 horas e duas porções de comida. Um colchão no chão em um dormitório com trinta pessoas.

Para chegar a Cartum eram necessários mais 200 dólares.

Meu dinheiro tinha quase acabado.

No terceiro dia, liguei para Hodan na Finlândia e lhe confessei que tinha partido. Ela achava que eu ainda estava em Adis Abeba; eu não quis dizer nada a ninguém. Eu só tinha um minuto de tempo, nada mais. Ela sabia. Os traficantes concedem isso, com seus telefones via satélite. Um minuto parece pouco, mas naquelas condições se torna eterno. Dentro de um minuto você faz caber tudo de que precisa. Aprende que um minuto pode salvar sua vida. Não precisa de mais.

Hodan não esperava aquilo, falando sem parar me disse para tomar cuidado, tentar fazer amizade com os somalis, ficar sempre em grupo, nunca me afastar, copiar as maneiras dos outros para passar o máximo de tempo sem chamar atenção. De repente, meu cérebro voltou a funcionar, eu gravava tudo o que ela me dizia.

Ela me perguntou onde eu estava, eu lhe disse.

Ela não estivera lá, não conhecia o lugar, sua Viagem tomara outra direção.

Eu lhe disse que precisava de dinheiro para continuar, o meu havia terminado, não queria ligar para *hooyo* ou Said, não queria que se preocupassem. Eu falaria com eles da Itália, quando chegasse.

Eu lhe comuniquei para onde enviar o dinheiro.

Antes de desligar ela me lembrou de não ter medo.

— Nunca diga que tem medo, Samia.

— Tudo bem, *abaayo*.

Nunca.

Era o que eu dizia a ela durante a sua Viagem.

Mas agora era tudo diferente. Eu tinha medo, tinha muito. Desconexa. Eu me sentia desconexa. Como a foto de Mo Farah amassada dentro do saquinho, me sentia fina como asas de borboleta. Da mesma consistência de uma nuvem. *Puf.*

Quantas coisas você consegue dizer em um minuto. Quantas.

Oito dias depois chegou o dinheiro de Hodan e duas noites depois retomei a Viagem.

26.

Quando cheguei a Cartum, sabia que deveria descansar e recuperar um pouco de energia para a parte mais difícil, a travessia do Saara.

Estava destruída. Eu era a lembrança de mim mesma, nada no presente, um fio leve de memórias e imagens espalhadas. Eu era isso.

Fiquei seis semanas em um apartamento minúsculo na periferia sul da cidade, junto com outras trinta mulheres. Um mês e meio. Tudo o que fazíamos era dormir e sair em turnos para comprar comida no mercado ou em uma mercearia a uma centena de metros de casa. Éramos *tahrib*, devíamos tomar cuidado. Nós nos movíamos como *tahrib*. Tínhamos olhos de *tahrib*. Parecíamos muitos camundongos em guarda, paranoicas, frenéticas. O risco era voltar ao ponto de partida.

Tive que ligar para Hodan de novo e pedir que me mandasse mais 500 dólares para uma viagem que devia ser até Trípoli. Sem querer, eu estava fazendo com que me devolvesse o dinheiro de Alì que eu lhe enviara para Mannaar. Mas tudo havia mudado. Mannaar entrava nos meus sonhos e não mais nos meus pensamentos quando eu estava acordada. Quando eu estava acordada, só pensava em continuar viva.

E ninguém tinha me dito que a Viagem seria tão cara.

Sabia que não nos levariam a Trípoli, que nos deixariam em algum outro lugar. Mas eu tinha aprendido. Bastava não pensar no assunto para não ser tomada pelo medo.

Passei quarenta dias trancada naquele apartamento em um edifício de seis andares na periferia de Cartum. Havia apenas duas janelas e no horizonte somente o cimento de outros prédios em ruínas como aquele. Paredes descascadas e sacadas caindo. Entre dois edifícios, ao longe, à margem da linha de visão, enxergava-se um pedaço de deserto.

Ouro.

O calor era asfixiante. E nós éramos trinta e uma mulheres e mais três crianças em quarenta metros quadrados. Passei os primeiros dez dias no chão, em uma esteira.

Sentia falta de ar até para sonhar.

Então cometi um erro.

Apesar de tudo, talvez ainda me sentisse invencível, a Samia de sempre. Eu tinha me anulado, custava até a lembrar quem era, as memórias ressurgiam quando queriam. Mas talvez o que somos no fundo não se apague. Talvez seja assim, e acabamos reconhecendo quem somos apenas pelo que fazemos.

Ayana, uma garota somali, me avisou para não fazer aquilo. Mas a água havia terminado e estávamos esperando que o sol se pusesse para sair e comprar alguns galões. Eu estava com sede. Naquela noite, meu suor havia ensopado a roupa até molhar a esteira dura. Bebi água da torneira do banheiro. Em três horas comecei a sentir arrepios fortíssimos nas costas, nos braços, nas pernas, em todos os lugares. Suores frios. Depois, enjoo e alucinações. Fui atacada por uma febre que nunca tinha tido. E disenteria. Desde que eu tinha partido, não havia mais comido muito. Os músculos que eu desenvolvera com Eshetu estavam murchando aos poucos. Eu percebia isso. Aquela disenteria foi o golpe de misericórdia.

Passei vinte dias na esteira em estado de coma. Ayana me dava conforto. Ela permaneceu saudável, já as outras adoeceram como eu. Se não tivesse sido a água, poderia ter sido ser uma fruta não lavada. Ou enxaguada com aquela mesma água. Ou um peixe estragado.

Eu deveria ter partido antes, mas esperei para recuperar as forças. Ayana não tinha ninguém na Europa para ligar e pedir dinheiro, portanto ficaria naquela casa por muito mais tempo que eu. Ela havia começado a considerá-la um pouco como se fosse sua casa.

Então, enfim, fiquei boa. Recuperei as forças. As que bastavam.

Eles nos esmagaram todos atrás, só que dessa vez éramos ainda mais numerosos que antes. Oitenta e seis. Tão apertados que vomitávamos por causa da falta de ar. De novo um jipe.

Poucos quilômetros depois, ninguém falava mais, ninguém reclamava, ninguém tinha a ideia de cantar. A viagem através do deserto é muito mais dura. Faz um calor que pode matar, e, além do mais, o carro avança devagar. Mantém uma velocidade constante de 40 quilômetros por hora. Nem freia nem acelera, para não ficar encalhado na areia. Tudo se torna enervante, até respirar. É como proceder em um percurso infinito, e a passo de lesma. A cada metro se vê o caminho aumentar em vez de diminuir.

Aquele trecho devia durar quatro dias. Esperávamos apenas os momentos em que o jipe pararia, duas vezes por dia. Uma, com luz, para as necessidades e para beber. A outra, de madrugada, para dormir na areia. Os dias haviam se transformado em uma única, infinita espera. Do momento em que partíamos de novo começávamos a contar o tempo que nos separava da parada seguinte.

Em todo o entorno, uma paisagem lunar, na qual céu e terra são uma coisa só. Perdem-se as referências. É como se jogar dentro de um espelho. Uma extensão de areia infinita. Tão homogênea que você acaba se tornando areia também. Não apenas porque ela se enfia em toda parte, e pouquíssimo tempo depois enche seus olhos, sua garganta e seus pulmões, e você deve deglutir para não a deixar secar na goela. Você logo para de lutar contra a areia e simplesmente fecha os olhos, aperta as maxilas e conta. Conta até mil e a cada cem engole aquele pouco de saliva que lhe restou, mantendo a conta com os dedos. Depois até dez mil. Sabe que quando chegar a mil terão se passado vinte minutos. Quem me ensinou isso foi Amir, um somali, na primeira viagem de Adis Abeba a Al Qadarif. Então conta até dez mil. São três horas. Quando fizer três vezes dez mil é quase o momento da parada. Continuando assim você mesma acaba virando areia, porque se vê pequena como um grãozinho daquela vastidão branca ou como um dos segundos que não para de manter na cabeça, feito uma doida.

Eu deixava meu saquinho enfiado debaixo da camiseta.

Tínhamos à disposição dez litros de água por cabeça para quatro dias. Dois litros e meio por dia, que sob os 50 graus do Saara não bastam nem para algumas horas.

De vez em quando, alguém caía no sono ou desmaiava por falta de ar. Aconteceu comigo também. A mulher que estava perto de mim, uma velha somali, percebeu e tentou me acordar com movimentos dos ombros, mas não reagi. Então alguém que tinha conseguido esconder uma garrafa d'água a pegou. A notícia se espalhou e em alguns minutos a garrafa chegou à mulher. Ela despejou um pouco na minha cabeça e despertei. Onde estava a minha força? Onde estava a pequena guerreira das Olimpíadas? Eu estive mesmo em Pequim ou foi tudo um sonho? A cerimônia de abertura, eu estrela luminosa do firmamento do mundo? E Mo Farah no meio do campo rindo tranquilo? Mais uma alucinação?

À noite se viaja até os motoristas também não aguentarem mais. Para não serem vistos pelos helicópteros da polícia que patrulham o deserto, os traficantes apagam os faróis, ou os usam o menos possível. Você se vê de madrugada dentro do Saara, sem luz, esmagada no meio de dezenas de corpos em um jipe arrebentado que avança devagar feito uma lesma.

Assim que o sol se punha, parecia que se viajava em um pesadelo. Contar me relaxava e alimentava minha imaginação. Às vezes, achava que estava em um avião, como quando fui para Pequim e tomei o sonífero. Como aquela vez, o barulho constante do motor me fazia sonhar estar em um túnel preto infinito. De repente, abria os olhos e tudo passava. Estava indo para a China, eram as minhas Olimpíadas. O hotel seria lindo. Apertaria a mão de Veronica Campbell-Brown. Ela me olharia primeiro com curiosidade, depois com admiração. Eu correria em um estádio enorme, diante das câmeras de TV do mundo todo. Daria o melhor de mim. No fim, todos se levantariam para me aplaudir, os jornalistas do mundo inteiro me entrevistariam, meu rosto chegaria a todos os cantos do planeta.

Então uma pancada mais forte, uma guinada repentina ou uma cavidade profunda, o vômito de alguém. Eu voltava para onde estava. Em um túnel preto que existia de verdade. Quilômetros e mais quilômetros sem faróis, guiados apenas pelo GPS.

Éramos 86, ancorados à tecnologia de um GPS.

Não existem ruas no Saara. Não existem trilhas. Cada traficante, cada Viagem, segue sua rota específica. De manhã, as marcas dos pneus são cobertas pela areia. Apagadas para sempre. Não há Viagem igual à outra.

Fica-se durante dias nas mãos de traficantes de pessoas que, por sua vez, estão nas mãos de uma caixinha que se comunica com um satélite.

Por volta das três da manhã, parávamos em um ponto qualquer no meio daquela extensão de calombos de areia, comíamos *moffa*, uma gororoba de cereais e farinha de milho, e tentávamos pegar no sono assim como estávamos, todos em volta daquele veículo enferrujado que de fora parecia minúsculo.

As famílias ficavam juntas, as crianças choravam. Os mais velhos reclamavam.

* * *

Eu havia feito amizade com uma garota etíope, Zena, um pouco mais velha que eu, que queria ser médica. Tinha o sonho de chegar à Europa e se inscrever na universidade. Qualquer universidade, em qualquer cidade européia, para ela não fazia diferença. Viajava com sua velha avó, que estava sempre grudada nela.

Apesar de tudo, não tínhamos sono. Era difícil dormir. Muitos rezavam. Rezavam em voz alta. As crianças nunca ficavam paradas e os pais não sabiam o que fazer. O pior era um menino de quatro anos, Said, que viajava com a mãe e o pai. Said parecia possuído. Chorava o dia todo e não parava nem de noite. Nunca parava. De tanto que tinha chorado, de tanto pigarrear, a voz se tornara rouca, grave como a de um velho maluco ou de um cachorro abandonado, amarrado por semanas a um poste. Os pais faziam de tudo para que ele ficasse quieto. Todas as noites eram obrigados a se afastar, revezando-se, para não atrapalhar o grupo. Havia o perigo de alguém começar a dizer coisas sem sentido. Era preciso tomar cuidado com tudo.

Naquelas noites, deitada na areia, com as baratas e os escaravelhos do deserto, junto a bolas pretas e compactas sem meta, eu pensava em *hooyo*, pensava em *aabe*. Chorava e pedia ajuda ao meu pai em silêncio. Ou falava com Hodan, lhe dizia que logo chegaria na casa dela. Pensava em Pequim, nos dias felizes, naquela primeira manhã no hotel diante da BBC. Nos aplausos, nas pessoas em pé gritando meu nome.

Eu me concentrava nos próximos Jogos Olímpicos de Londres e reunia coragem.

Assim, devagar, conseguia pegar no sono.

Depois de dois dias de estrada, ao meio-dia, o Land Rover quebrou, mas agora de verdade.

Começou a avançar aos solavancos por um tempo, depois ficou pregada na areia. Estávamos no meio do Saara com 50 graus e nenhuma proteção.

Todos descemos.

Os traficantes tentaram desmontar algumas peças sem deixar que ninguém se aproximasse do motor. Três horas depois, perceberam que não havia nada a fazer e chamaram socorro, comunicando as coordenadas do GPS.

As crianças já choravam, os idosos tentavam se abrigar na sombra estreita embaixo do jipe. Ficamos assim por 24 horas.

A água tinha terminado havia um tempo. Achávamos que morreríamos todos, e tal pensamento, de individual, se tornou coletivo. Não se sabe como, mas de repente todos passam a ceder sob o mesmo peso, como se um malho enorme se materializasse e começasse a pressionar em cima de todas as cabeças ao mesmo tempo.

As horas intermináveis se estendiam em alucinações. Sentados na areia, sem nenhum abrigo, essas visões se tornam coisas comuns.

Então, lá ao longe, ouviu-se o estrondo de um motor. Não sabíamos se era real ou imaginário. Mas de trás de uma duna apareceu a silhueta de um carro.

Haviam nos encontrado.

E tinha até água, havia muitos galões presos do lado de fora.

Naquela mesma noite, retomamos a Viagem.

A bondade logo desaparece. Cada um só pensa em si.

Ninguém lhe explica isso antes, você aprende sozinho que cabe a você não cair do jipe. Se cair, os traficantes não param. Eles dizem isso imediatamente, antes da partida de cada trecho.

Existem apenas três regras, iguais para cada trajeto, e sempre são repetidas.

Primeira. Você não pode carregar nada além do saquinho.

Segunda. Se em um momento qualquer você se rebelar com as condições da viagem e obrigar o carro a parar, será deixado onde está.

Terceira. Se cair do jipe, o motorista não vai parar.

Essa última regra serve para evitar problemas. Nem se perderia tempo demais. Bastaria parar, pegar quem caiu, metê-lo de volta na caçamba e seguir viagem. Mas não. Se cair, não será salvo. Se souberem que podem relaxar, muitos farão isso. No arco de algumas horas, nasceria o desconforto. Depois de alguns dias no calor, as formigas que nós somos se revoltariam. Melhor incitar todos contra todos e evitar o perigo do afundamento dos pneus.

E, além do mais, você é só um *hawaian*, um animal que paga para ser transportado de um ponto a outro, nada mais. Aliás, você é a prova do crime para os traficantes, se forem parados pela polícia. Qualquer complicação é perda de tempo.

Na última manhã, Zena e a avó tinham ido parar no fundo da caçamba. Havíamos dormido longe do jipe, para evitar o pequeno Said, que não queria parar de chorar. Quando nos chamaram, ao amanhecer, sabíamos que deveríamos nos apressar, caso contrário ficaríamos por último. A avó caminhava com dificuldade, tivera uma torção, talvez tenha deixado o pé apoiado de mau jeito por muitas horas seguidas.

Corri para a frente, para guardar o lugar delas. Mas algumas pessoas começaram a levantar a voz eu não podia guardar lugares para ninguém, cada um devia cuidar de si. Eu disse algo sobre a senhora idosa e uma mulher etíope pôs-se a berrar, fez o gesto de me dar um tapa se eu não parasse. Sentou-se ao meu lado. Tentei voltar, mas não houve jeito, a massa humana era fortíssima. Eu tinha que permanecer onde estava.

Chamei Zena em voz alta e do fundo ela me respondeu que eu não me preocupasse: estavam sentadas.

Algumas horas depois, de repente, alguém gritou em uma língua que não era a minha. Talvez árabe, talvez etíope, talvez sudanês ou inglês. Então outros, na frente, começaram a dar socos na capota da cabine do motorista.

— Parem. Parem!

Achei que alguém houvesse passado mal, às vezes acontecia.

O motorista agiu como se não fosse nada, seguiu em frente.

O homem insistia, batendo e batendo. Pouco depois, o traficante abaixou a janela e expôs o braço, a mão aberta em direção à caçamba no gesto árabe que significa "para o inferno". Parem com isso.

Depois chegou a notícia, passada de ouvido em ouvido.

Uma pessoa tinha caído.

A avó de Zena tinha caído.

27.

Eles nos deixaram na fronteira com a Líbia. Era 12 de outubro de 2011.

O Land Rover parou e esperamos.

Não sei como sabiam que ali terminava o Sudão porque estávamos rodeados somente por areia, por todos os lados. Mas o Sudão acabava ali. Esperamos por horas.

Depois foram nos buscar.

Traficantes líbios.

Muito piores que os sudaneses, pelo que se dizia. Porque na Líbia a lei é mais severa.

Chegaram, nos botaram em um pequeno frescão e nos levaram ao cárcere de Kufra.

O pior pesadelo se materializava.

Todos sabíamos o que era Kufra. Um lugar onde você corria o risco de permanecer para sempre, se não tivesse o dinheiro que pediam, e era muito. Ou, quando você começava a feder a cadáver, era levado à fronteira com o Sudão, pouco antes de morrer. Deixavam você no meio do Saara, para falecer lá.

Era isso que se dizia.

A chegada, no entanto, não foi traumática. Era um lugar melhor que a prisão de Sharif al Amin, maior, mais espaçoso. Uma construção clara de blocos de cimento bruto, que surgia bem no centro do deserto. Ao redor, a habitual extensão infinita de dunas de areia dourada. Respirava-se cheiro de pó, movido por um vento leve que era canalizado pelo portão, que de dia os guardas deixavam aberto. Quando chegamos nos trataram bem. Separaram as mulheres dos homens e nos deram água e comida à vontade. Eles me lavaram. Me vestiram com roupas novas. Me disseram "Bem-vinda à Líbia". Me colocaram em cima de um colchão; depois de semanas com as costas na areia, foi uma bênção.

Tudo isso, porém, durou dois dias.

Ao fim do segundo dia, voltaram e nos pediram dinheiro.

Mil dólares para me levarem a Trípoli.

Como sempre, se eu não tivesse, poderia telefonar. No máximo um minuto.

Cinco vezes por dia me lembravam de que eu tinha de pagar. Cinco vezes com os paus e seus *hafta, hawaian,* "pague, animal". Até eu pagar. Pode durar semanas, meses. A eles não interessa, não desistem. Isso, no entanto, só se você for bom e fizer com que acreditem que cedo ou tarde pagará.

Quando percebem que você é um daqueles que não vão pagar, só há duas possibilidades.

Se você for homem, o levam de volta à fronteira.

Se for mulher, a violentam em troca de uma passagem só de ida. Quem me contou isso foi Taliya, uma garota somali, no terceiro dia da minha chegada. Eu tinha entendido que ela era do meu país, e precisava falar com alguém, sentir o conforto de uma voz, de uma troca gratuita, humana. Dormíamos próximas, e naquele dia eu a encontrei no pátio comum e falei com ela.

— Qual é o seu nome? Você é somali? — perguntei, sentando perto dela, em um banco encostado no muro de argila.

Ela olhava para o chão, sabe-se lá em qual ponto da Viagem havia perdido a coragem de olhar as pessoas nos olhos.

Repeti a pergunta:

— Qual é o seu nome?

Ela não falava.

Mas insisti.

Pouco depois ela disse "Taliya" e então voltou a olhar o chão. Comecei a lhe fazer as perguntas mais bobas, estava com vontade de conversar. Taliya não respondeu mais. Continuei feito uma louca por meia hora, talvez uma hora. Queria que respondesse. Enfim, ela disse apenas:

— Deixei que trepassem comigo que nem uma cadela para ir embora. Estou aqui há quatro meses.

Hodan demorou 28 dias para me enviar o dinheiro, para uma barraquinha de madeira que fazia a transferência de valores em espécie e que, mas que coincidência, ficava na entrada da prisão. Vinte e oito intermináveis dias em que sobrevivi apenas com água e amendoins. Após as primeiras 48 horas, não nos deram nada mais, só água e amendoins. Como para os macacos. Se você tivesse dinheiro, poderia comprar algo diretamente dos guardas. Mas, se tivesse dinheiro, eles o pegariam como adiantamento aos mil dólares.

A prisão era dividida em duas seções, a masculina e a feminina. Em comum, um pátio no qual podíamos passear e tomar o vento sujo do deserto. Nada acontecia. Estávamos exaustos, reduzidos à sombra de nós mesmos. Ninguém falava, alguns diziam coisas sem sentido, por causa do calor ou da solidão, pela nostalgia. Eu tentava ficar calma e me manter longe de problemas.

Um dia, quatro homens etíopes que estavam em Kufra havia cinco meses combinaram de dar uma lição nos guardas de quem tinham tomado um monte de pancadas. Sabiam que levariam a pior, mas a essa altura estavam loucos, queriam extravasar, sentir o gosto de bater, machucar.

A notícia do que aconteceria se espalhou, eram as únicas coisas sobre as quais conversávamos. Era o nosso espetáculo, a nossa vida vivida sobre o fio da sobrevivência.

Às duas da tarde, nos reunimos no pátio para assistir à vingança. Os guardas mais cruéis eram dois, eram aqueles que quando davam pauladas o faziam para ferir, para deixar marcas. Com uma desculpa, dois dos etíopes os chamaram. Eles chegaram bufando em seus uniformes verdes de meia manga, cassetete e pistola no cinturão. Logo os outros dois etíopes os alcançaram, rodeando-os, e começaram a enchê-los de chutes e socos às cegas, até que caíram. Descarregaram em cima dos dois guardas todo o ódio que tinham alimentado por meses. Pouco depois, porém, outros seis guardas acorreram. Um dos dois no chão se mexia com dificuldade, completamente coberto de sangue; já o outro parecia morto, imóvel, os olhos arregalados.

Eu olhava fixamente para aquilo, anestesiada. O sol a pino secara meu cérebro. Nada me impressionava.

Um dos seis se abaixou e apalpou o colega. Devia estar morto. Perguntaram quem o tinha matado. Ninguém abriu a boca. Perguntaram de novo. Nada. O comandante, o mais miúdo de todos, pegou a pistola e atirou no ar. Perguntou mais uma vez. Um dos etíopes, o mais corpulento, avançou.

— Fui eu que matei — disse em árabe.

O homenzinho de uniforme mandou que se ajoelhasse, ali, na frente de todos. Depois lhe pediu para confirmar.

— Fui eu que matei — repetiu o etíope.

Todos sabíamos o que aconteceria. Ninguém fechou os olhos ou virou o olhar. O etíope também sabia, não se alterou. O homenzinho abaixou o braço. Um tiro só, seco. O etíope se juntou ao outro homem no chão.

Foram 28 dias infinitos, vagando como um fantasma entre fantasmas. À noite, não conseguia dormir por causa do calor e de dia andava sem energia em busca de um canto com um pedaço de sombra. Eu queria treinar, fazer alguns exercícios, alongar os músculos apoiando-me na parede. Mas os amendoins não eram suficientes, eu não tinha forças. Minha vista se turvava; quando o sol estava a pino, tinha alucinações. Sentada no chão, encostada em um muro eu via *aabe*, o pátio, o eucalipto. Pensava estar lá em cima com Alì, escondidos no frescor dos galhos. Ou no colchão, à noite, segurando firme a mão de Hodan. Eu não tinha dinheiro para ligar para ela nem para *hooyo*. Não podia fazer nada, a não ser ficar ali e esperar. Com a parte do cérebro que continuava vigilante eu sentia que estava perdendo aos poucos o contato comigo mesma. Eu estava me entregando, não tinha mais forças. Às vezes, achava que não me importava, eu ficaria lá no chão para sempre.

Então sonhava, de dia e de noite, com almoços deliciosos. Com o bufê do café da manhã no hotel em Pequim. Havia de tudo, sucos de fruta, ovos cozidos ou mexidos, linguiças, feijão, cogumelos, tomates, café, chá, cappuccino, chocolate, croissants, biscoitos de mel, torradas, frios, queijos. E alguém que me servia. Todos os dias repassava na mente aquela comida. Pensar que eu nem tinha experimentado tudo. E ficara quinze dias inteiros lá. Louca. Eu tinha sido louca.

Até que o dinheiro de Hodan chegou e eu paguei.

Finalmente eu podia ir, podia deixar Kufra.

Então me mostraram o que seria minha casa por uma semana de viagem.

Um contêiner sem luz e somente uma pequena fenda no topo para deixar o ar entrar. Eu o dividiria com mais 220 pessoas. Sem dizer uma palavra, a essa altura reduzidos ao estado dos trapos que vestíamos, entramos.

Viver dentro de um contêiner é como viver no interior de uma câmara de gás. O sol esquenta tanto o metal das paredes que algumas horas depois tudo evapora. Fôlego, mijo, fezes, vômito, suor. Tudo se dissipa em uma nuvem tóxica que tira a respiração.

Durante os primeiros quilômetros, talvez por meia hora, ficamos de pé, como se fôssemos descer de um momento para o outro: não sabíamos como nos mover, o que fazer. Depois nos sentamos no fundo e logo entendemos que o único jeito de apoiar as costas era no corpo de outra pessoa. As chapas de metal das paredes queimavam como fogo; tentávamos ficar no centro o maior tempo possível, para escapar de um calor que estava em toda parte, tirava o fôlego e anulava os pensamentos.

Quando éramos pequenos e estávamos mal, *hooyo* pegava um caldeirão de água no qual imergia algumas folhas de hortelã e alecrim, e o fervia. Então nos obrigava a ficar durante horas com a cabeça ali em cima, cobertos por um pano, de modo a respirar o vapor e desentupir nariz e cérebro. No fim, ficávamos molhados, todos os poros dilatados.

Estar no contêiner era mil vezes pior, era como estar dentro de uma panela em ebulição. Além disso, o fundo queimava como fogo. Tentávamos manter os joelhos levantados, apoiando os sapatos — quem ainda os tinha —, no metal. Mas não se pode ficar na mesma posição por horas, portanto nos revezávamos esticando as pernas. O alívio era tanto que deixávamos que as coxas ardessem. Em carne viva.

A única maneira de sobreviver era tentar nos revezar trepando uns em cima dos outros e colocar por alguns segundos o nariz fora da abertura. Após duas horas sem oxigênio, antes de perder os sentidos, chegam as alucinações. Visuais, auditivas. Nós, *tahrib* necessitados de abrigo, fechados dentro de um contêiner, falávamos com pessoas que existiam apenas para nossos olhos, gritávamos para gente que berrava só nos nossos ouvidos.

A viagem dentro do contêiner destaca nitidamente a loucura dos seres humanos. Depois de poucas horas, não há mais diferença entre os sexos. Homens e mulheres são iguais, as pessoas se reduzem ao mínimo denominador comum. De você resta apenas a sombra que pede para sobreviver. Você nem se lembra se é mulher ou homem. Dentro daquele contêiner talvez houvesse alguns cristãos etíopes, mas a maioria era muçulmana. Ainda assim, não havia mulher com as pernas ou a cabeça coberta. Tudo para fora, tudo exposto, porque não sobra mais nada, a não ser aquele corpo que você lembra ser seu somente por alguns detalhes. O sinal de nascença que tem na coxa. Os dedos tortos dos pés. A cicatriz na barriga. É você. Mas também não é mais, perdida no meio dos vapores dos outros corpos.

Quando o desconhecido que está ao seu lado não segura as fezes ou quando é você que não segura, e continua a respirar e a navegar por dias naquele fedor nauseante sem água e sem comida, você nem sabe mais quem era antes de entrar.

A imagem da minha mãe no dia do casamento de Hodan segurando meu rosto nas mãos e com os olhos cheios de lágrimas diz: "Você está linda, minha filha. A mais bonita da família." Minha vergonha no meio de todos aqueles véus coloridos, do *hijab* branco que me envolve a cabeça e os ombros. A primeira vez que me vi mulher, que me senti especial. Talvez eu não fosse mais ninguém. Talvez eu sempre tenha sido feita da mesma matéria dos sonhos.

No terceiro dia de viagem, um homem de 42 anos, somali, morreu. Uma mulher que estava ao lado dele percebeu, sabe-se lá quanto tempo depois. Havia dois dias que tentavam lhe dar de beber de uma garrafa que surgira não se sabe de onde, mas ele não conseguia mais engolir.

Havia ficado em Kufra só uma tarde, tinha o dinheiro até Trípoli, quase certamente se sentira mal e decidira chegar à cidade o quanto antes. A garganta secara por causa da areia respirada no jipe no deserto. Havia formado uma obstrução dura que a água não conseguia mais furar.

Morreu sufocado.

Quando a notícia se espalhou pelo contêiner, como sempre de ouvido em ouvido, sem que ninguém combinasse, entoamos o *salat* com *ginaso*, a prece para os mortos. Cada um na sua língua. Acompanhamos aquele homem, do qual nunca nem soubemos o nome, em sua viagem pessoal.

Naquela noite, quando paramos para dormir, cavamos um buraco na areia e enterramos o corpo na terra que ansiara tê-lo de volta.

Às vezes, vinham à minha mente as Olimpíadas de Londres, enquanto eu estava como um saco no fundo de metal que queimava feito fogo, apoiada em alguém. Isso me manteve viva, a vontade de mexer as pernas, de fazer os músculos explodirem. Foi a única maneira de sobreviver. Pensava no treinador que teria quando estivesse na Europa. Sabe-se lá por que eu imaginava que seria o mesmo de Mo Farah. Eu me via na Inglaterra, antes de chegar a Helsinque. Marcava meus tempos, que melhoravam semana após semana, dia após dia.

Via-me na final.

Via as pessoas de pé aplaudindo. Dessa vez porque eu havia chegado em primeiro.

Mas não. Em vez de Trípoli, nos levaram para outra prisão, logo fora da cidadezinha de Ajdabiya.

A enésima trapaça.

Para ir embora eram necessários 1.500 dólares, o que era muito até para Hodan e Omar. Fiquei lá quase dois meses.

Eu precisava chegar. E, no fim, cedi. Liguei para *hooyo* para pedir dinheiro também a ela e meus irmãos, confessar que eu tinha partido para a Viagem, mas mentir dizendo que estava tudo bem. Disse a ela que tínhamos apenas um minuto, que não chorasse, tudo ia bem, eu estava feliz e até encontrava tempo para treinar. Dali a pouco chegaria na casa de Hodan. A essa altura nem eu mais acreditava nisso. Havia cinco meses que eu tinha partido de Adis Abeba, tudo me parecia impossível.

Na prisão de Ajdabiya fomos tratados melhor do que em Kufra, mas dois policiais do cárcere me roubaram 750 dólares. Na verdade, você paga para a polícia, não para os traficantes. São os mesmos policiais que vendem você a quem a levará ao próximo destino. No meu caso, quiseram 1.500 dólares, quando para outros, porém, haviam pedido 750. Eles fincaram o pé. Se eu não aceitasse, eles fariam comigo o que já tinham feito com outras garotas sozinhas, me violentariam. Como Taliya.

Eu só podia esperar.

Rezar, esperar e ler. Naquela prisão havia cartas. Em árabe, em somali, em etíope e em inglês, que ficaram ali sabe-se lá como, sabe-se lá por que motivo, jogadas em um canto, acumuladas em anos e anos. Cartas de detentos e de seus parentes. Talvez fossem memórias de mortos que os guardas nunca tiveram coragem de jogar fora. Lá dentro havia vidas. E, assim, lendo, eu reencontrei aquilo que dentro de mim não existia mais. A vida. Lembranças. Amor. Promessas. Coragem. Esperança. Havia as de um homem que escrevia todos os dias para a esposa. Cada manhã que o sol se levantava. Uma jovem mulher que, em vez disso, endereçava palavras sonhadoras ao filho de dois anos que tinha ficado na Somália. Um menino que pedia coragem ao pai e à mãe, em missivas que nunca foram entregues. Eram palavras órfãs, que nunca alcançaram seu destino. Gostava de pensar que estavam ali para mim.

Naqueles dois meses eu só li e dormi. Fazia tempo que não tinha mais energia para treinar. Se quem havia escrito aquelas cartas amareladas tivera a força para escrever aquilo que escrevera, eu também podia conseguir. Eu as relia o tempo todo, decorava as passagens das minhas preferidas.

Havia até uma conexão com a internet. Eu pedia emprestado alguns trocados a um rapaz somali e às vezes escrevia para Hodan. Vivia os dias seguintes à espera de sua resposta. Ela me dizia que estava bem em Helsinque, não via a hora de eu chegar. Ela me dava coragem, me dizia para pensar que logo tudo acabaria.

Na esteira dura e cheia de carrapatos, eu me perguntava se valia a pena. Respondia a mim mesma que não. Por que tinha me reduzido a esse estado? Só queria ser uma campeã dos 200 metros. A ninguém no mundo, durante a breve duração de uma vida, devia ser consentido passar por esse inferno.

Uma noite, um grupo de três homens somalis fugiu da prisão. Os guardas haviam se esquecido de fechar o portão com a tranca. Eu tinha conhecido um dos três homens, Abdullahi, algumas semanas antes; ele havia me emprestado o dinheiro para a internet. Eu lhe contara minha vida. Ele se lembrava da prova em Pequim. Disse que sua esposa havia falado de mim. Tinha ficado em Mogadíscio, ele a sustentaria enviando-lhe dinheiro todos os meses quando chegasse à Itália. Tínhamos feito amizade. Conversávamos, nos abríamos, às vezes comíamos juntos. No início, ele não acreditava que era eu, achava que eu tinha inventado tudo. Era impossível que eu tivesse dormido no meio das pulgas em uma prisão no deserto líbio.

Os guardas nos levavam o jantar — arroz, verduras e meio litro de água — e depois iam embora. Naquela noite, não trancaram o portão e Abdullahi veio me perguntar se queria me juntar a eles. Escapariam de madrugada e alcançariam a cidadezinha de Ajdabiya a pé. Dali, na manhã seguinte, encontrariam um jeito de chegar a Trípoli. Não era complicado, mas se os descobrissem os matariam.

Eu devia decidir, só tinha duas horas. E não podia falar do assunto com ninguém.

Cinco meses antes, eu teria dito sim. Naquela noite, respondi não para Abdullahi. Acho que *aabe* estava contente por mim. Eu ficaria ali esperando o dinheiro de Hodan e *hooyo*.

Duas horas depois saíram e não soubemos mais nada deles.

Então finalmente o dinheiro chegou. Entreguei as cartas a uma doce garota somali que havia acabado de chegar, exausta e chorosa. Eu lhe disse que ler as cartas salvaria sua vida. Estavam lá e ninguém ligava. Mas foi só graças a elas que eu tinha sobrevivido àquela prisão.

Eu estava viva, e finalmente livre. Viajaria junto com mais nove pessoas no reboque de um caminhão que transportava sacos de farinha de milho. A parte mais confortável da Viagem.

Paramos por dois dias em Sirte para esperar outros *tahrib*, continuando a dormir no reboque.

Depois partimos de novo.

Após uma semana, enfim, eu estava em Trípoli.

Dia 15 de dezembro de 2011. Exatamente cinco meses depois da minha partida de Adis Abeba. Um ano depois da viagem de Mogadíscio.

Eu estava livre.

Quando, do reboque, ouvimos os barulhos da cidade, começamos a chorar.

Dez sombras que choravam em silêncio dentro do reboque de um caminhão. Dez sombras que se envergonhavam de seu choro. Mas aquele choro nos uniu. Isso acontece, quando se chora junto com outras pessoas. Levarei sempre comigo aqueles nove rostos chorosos. Serão meus irmãos para sempre, e eu, irmã deles. Havia meses que eu não chorava.

O deserto havia secado tudo, até as lágrimas, a saliva. Havia bebido tudo.

Quando paramos em uma grande praça e nos disseram para descer, eu me senti leve como o ar. Mal conseguia ficar de pé, mas meu cérebro voltou a funcionar como que por milagre.

Eles nos largaram naquela grande praça; era quase o pôr do sol, estavam fechando algumas barraquinhas que vendiam doces e *kebab*. Dez fantasmas cobertos de areia, sujos e fedorentos como porcos.

Dez fantasmas no meio de cidadãos líbios.

Os traficantes abriram o reboque e disseram:

— Vocês estão livres.

Então subiram de novo no caminhão e foram embora, levantando uma grande poeira e nos deixando ali respirando a fumaça de gasóleo que já era parte dos nossos pulmões.

Nós nos encontramos perdidos. E famintos.

Não, nós nos encontramos.

Eu estava livre.

Como o ar, livre como as ondas do mar.

28.

Em Trípoli, vivi quase um mês no bairro dos somalis. Todos nós, *tahrib* somalis e etíopes à espera de embarcarmos para a Itália, estávamos em uma dezena de pequenos prédios, uns encostados aos outros, no mesmo bairro, no leste da cidade. Um bairro feio e sujo, digno de clandestinos e ratos de esgoto que éramos. Mas a chegada a Trípoli foi uma libertação. Não veria mais o deserto pelo resto da minha vida, disso eu tinha certeza.

Não havia nada que eu tivesse odiado mais que o deserto. O deserto, se você passa meses nele, entra em seus ossos, entra no seu sangue, na saliva, não sai mais de você, você leva o pó para toda parte, mesmo quando se lava com água ele fica sempre em você. Mas a pior coisa é que o deserto anula sua alma, apaga seus pensamentos. Você deve fechar os olhos e imaginar coisas que não estão lá. Meses e meses de extensões de areia. Para qualquer lugar que você vire, a qualquer hora do dia ou da noite. Só e apenas areia. Isso é de enlouquecer.

Quando cheguei a Trípoli, entendi que tinha sido salva por um milagre. Somente graças àquelas cartas amareladas e às Olimpíadas que eu estava sã e não tinha enlouquecido. Só quando você vê a luz, depois que esteve muito tempo no escuro, é que se lembra da cor das coisas.

Assim aconteceu comigo. Eu me lembrei de como era feito o mundo. E isso me fez bem.

Vive-se em casas minúsculas. Em cada apartamento, trinta ou quarenta pessoas. Eu estava com quarenta mulheres de toda a África, em Trípoli todos os clandestinos se encontram. Havia nigerianas, congolesas, somalis, etíopes, sudanesas, mulheres da Namíbia, de Gana, do Togo, da Costa do Marfim, de Biafra, da Libéria. Adultas, adolescentes, crianças, velhas. Todas juntas e finalmente salvas.

Nós nos sentíamos salvas. Estávamos na cidade. Havia tudo de que precisávamos para viver, tudo estava lá e ninguém arrancaria das nossas mãos ou nos daria pauladas. Água, frutas, comida. Eu poderia ficar em Trípoli a vida toda, como muitas pensavam em fazer assim que chegavam, se não fôssemos *tahrib* e a polícia não nos odiasse por causa dos acordos que o governo líbio havia firmado com o governo italiano. Devíamos ser devolvidas aos nossos países. Isso nós sabíamos.

Em todo caso, não nos importava viver mal naqueles dias. Se havíamos chegado até ali, algumas em dois meses e outras em dois anos, umas em cinco meses como eu, se havíamos superado o Saara, se éramos sobreviventes, tudo o que tínhamos na mente àquela altura era a meta. Somente a meta. Qualquer outra coisa era anulada. Para nós, *tahrib* em Trípoli, só existia isso. Trípoli para nós era uma passagem, uma leve rajada de vento, o chiar de uma folha, a batida de um cílio.

E, além do mais, em Trípoli há o mar. A cidade, como Mogadíscio, é inundada pelo perfume do mar. Foi por isso que voltaram minhas energias, minha vontade de viver e de ficar bem. Mas lá também, como em Mogadíscio, eu não podia ir ao mar; se me encontrassem me prenderiam. Eu esperaria, eu apenas esperaria a Itália.

Com a comida voltou a vontade de estar junto, cada um contar suas histórias, desenhar o futuro. Falar. As palavras salvam a vida. E as palavras mais pronunciadas, cada uma com seu sotaque estropiado, eram "Itália" e "Lampedusa".

Nunca na vida eu amei tanto falar como no longo período que passei em Trípoli. Formamos equipes por nacionalidade e nos desafiamos nas cartas, cada uma ensinou às outras os próprios jeitos de jogar e depois brigamos sobre as regras. Ensinamos umas às outras palavras nas respectivas línguas. Contamos sobre nossas famílias, nossas casas, nossos pais, irmãos, nossos amores. Sobre os pratos preferidos. Nós nos perguntamos se comeríamos mal na Europa. Nos questionamos como seriam as pessoas. Imaginamos as casas que teríamos. As cozinhas. Os banheiros com banheira e chuveiro. O carpete no chão. E, depois, os trabalhos. Eu seria atleta. Havia algumas que sonhavam em ser advogadas, outras, professoras, umas, enfermeiras e pediatras. Já algumas queriam apenas uma família. Fazíamos companhia umas às outras com nossos respectivos planos. Além disso, pensávamos nas coisas práticas também. Em como partir. Pela última vez.

A via-crúcis para atravessar o mar era sempre a mesma. Você providencia o dinheiro para a viagem e depois espera. Espera o chamado e, sem tempo de se preparar, aguarda que digam que partirá uma hora depois.

Você sabe que no mar pode acontecer de tudo, mas não pensa nisso. Pensa apenas na meta. Se tudo correr da melhor maneira, em dois dias chegará a Lampedusa, no máximo dois dias e meio. Mas pode acontecer qualquer coisa. O mar é um obstáculo maior que o Saara, isso lhe dizem os traficantes quando os contata.

Eu fui com mais duas garotas somalis.

"Prepare-se para o pior", dizem eles. "O que enfrentou até agora não é nada. O Saara em comparação é uma moleza", continuam.

E você não acredita. Não pode ser verdade. O que eu tinha enfrentado até aquele momento era o inferno, nada podia ser pior. E, o mar, o meu mar, não podia me fazer mal. Tínhamos um encontro marcado que já durava quase vinte anos. Eu sabia disso e ele também. Na Itália, finalmente, nos encontraríamos. Uma das primeiras coisas que eu faria seria me jogar dentro dele, curtir aquela enorme, acolhedora vastidão.

* * *

As embarcações são ferros-velhos que deveriam ser jogados fora. A força do mar poderia esmagá-las a qualquer momento. Mas, para nós, *tahrib*, são ouro puríssimo, luxuosos iates de cruzeiro. Além das avarias, pode acontecer de o traficante se perder, de o maldito GPS quebrar ou falhar. Ou também pode acabar o combustível; parece impossível, mas é assim, às vezes calculam mal o combustível ou esticam a rota sem querer e ficam a seco. Você sabe que pode acontecer de tudo, mas não pensa nisso, só pensa na meta.

Você está ali e espera aquele momento há semanas ou meses; quando chega a hora, não está preparado. Nunca. Não existe modo de se preparar; não conheço ninguém que estivesse preparado.

Mas não é pelas coisas que tem que levar: estas são três e estão sempre com você. Não é esse o problema.

A questão é que não se está preparado mentalmente. Preparado para o fato de que é o fim da Viagem.

Não sabe se será de manhã, à tarde ou de madrugada. Em geral, ocorre de madrugada, mas nunca se pode dizer, depende da estratégia do traficante.

Alguns decidem pela meia-noite, de modo a estar em alto-mar com luz. Outros pela tarde, de modo a estar já longe com o amanhecer. Outros ainda pela manhã cedo, para fazer uma longa navegação e estar distante da África com a escuridão, portanto menos visíveis.

Eu torcia que a minha viagem fosse à tarde, me parecia um momento mais tranquilo para partir.

Estava ansiosíssima, Hodan me dissera que em pouco tempo enviaria o dinheiro necessário, 1.200 dólares, ao endereço que eu tinha lhe dado. Eu não via a hora.

Não demorou nem um mês. Não sei onde Hodan arrumou o dinheiro, mas não me interessava, era uma das coisas que perguntaria a ela quando chegasse ao destino. E minha vez chegou alguns dias depois, em 12 de janeiro de 2012.

Não foi de tarde. Foi às quatro da manhã.

Fui acordada e me disseram para sair.

* * *

Mas minha viagem durou apenas três horas. Foi breve assim minha alegria com a proximidade do mar.

Mal conseguimos entrar — éramos uns setenta em um bote inflável de menos de dez metros —, então voltamos.

O ar, naquela manhã, estava elétrico; o sol surgiria apenas duas horas depois e entre nós a excitação podia ser cortada com uma faca.

Em silêncio, tínhamos nos ajeitado, cada um em seu lugar, alguns na borda, outros no meio. Eu fora parar na popa, perto dos traficantes, bem na borda, porque era magra e me enfiara no meio de dois garotões nigerianos que tinham os braços grandes como as minhas pernas.

Mas nada.

Avaria. A água começou a entrar no bote quase imediatamente. Os traficantes xingaram em árabe e durante um tempinho foram em frente assim mesmo.

Então a parada. "Vamos voltar", disseram. Fim da corrida, fim dos sonhos e das esperanças.

"Tivemos sorte de perceber tão cedo, ainda perto da costa", falaram. "Se estivéssemos na metade do caminho, afundaríamos. Todos afogados."

Assim disseram.

Em vez disso, três horas.

Depois em Trípoli de novo.

E ninguém devolve o dinheiro a você.

29.

Agora estou aqui em Trípoli esperando. Passaram-se dois meses e meio desde que voltamos. É 31 de março de 2012. Faltam quatro meses para a cerimônia de abertura das Olimpíadas de Londres e eu sei que ainda posso conseguir.

Depois de três dias da minha volta ao apartamento na periferia leste, chegou uma menina nova, Nigist, etíope. Estava assustada, como todas as recém-chegadas, mas também eufórica, havia derrotado o monstro do Saara, não tivera medo. Ficamos amigas. É como eu: temos a mesma idade e a mesma compleição. Na minha opinião, somos parecidas, embora ela diga que sou mais bonita. Não é verdade, acho que ela é mais bonita. Encontrei um espaço ao lado da minha esteira para ela. Não queria que acabasse nas garras de alguma mulher má, para quem a Viagem havia feito mal, estragado o coração.

Contei minha história um monte de vezes para Nigist. Ela tinha me reconhecido. Tinha me visto na televisão quase quatro anos antes, nas Olimpíadas na China, e disse que desde então nunca esqueceu meu rosto, meu sorriso manso e radiante.

No primeiro dia, ela não pôde acreditar, como Abdullahi, que eu fosse como ela, uma *tahrib*, uma necessitada de abrigo. No segundo dia, ela me perguntou. E eu nunca fui mais grata a alguém. Nigist me trouxe de volta à vida, e foi por isso que decidi protegê-la. Se ela não tivesse me reconhecido, eu não teria me lembrado quem era. Tempo demais se passara desde a última vez em que eu me vira no espelho. Na verdade, isso era uma coisa que eu não queria mais fazer. Quando acontecia de estar perto de uma superfície refletora eu desviava o olhar. Havia oito meses e meio que não via minha face, a não ser pelas reações que os outros tinham me olhando.

É por isso que serei grata a Nigist para sempre. E é por isso que gosto de lhe contar minha história, quase todos os dias. Devemos ter tido a mesma conversa quantas?, vinte, trinta vezes? Talvez mais. Todas as vezes ela me faz as mesmas perguntas, ou me faz novas, e nos surpreendemos rindo nos mesmos pontos. Quando Alì roubou as balas que *aabe* tinha guardado para a festa de Iid, e ele, como castigo, obrigou-o a comer todas fazendo com que tivesse diarreia. Quando eu corria de madrugada no Estádio Konis e imitava o barulho da multidão com a voz. *Aaaaarrghhhh*, com uma grande baforada, reproduzindo o som que muitas pessoas juntas emitem. Quando Alì caiu na grande poça de excrementos, na primeira competição que eu venci. Quando, para um jornalista depois da prova em Pequim, eu disse que estaria mais contente se as pessoas me aplaudissem porque eu tinha chegado em primeiro e não em último, e ele explodiu numa risada e não conseguia mais parar, diante da câmera de TV. Quando Abdi achou realmente que o aquário era mágico, e eu confirmei para ele, que acreditou. E, depois, o eucalipto. Alì, que subia até o topo e ficava lá até estar esgotado pela fome. O macaco.

Mais três meses em Trípoli sem quase poder sair de casa por medo de ser parado pela polícia significa muito bate-papo. Houve um momento em que, durante os embates, e então logo depois da morte do ditador Kadafi, no fim de 2011, a situação ficou mais tranquila. Ausência de governo quer dizer ausência de lei. E, sem lei, nós, *tahrib,* também éramos muito menos *tahrib*. Ninguém ligava para nós porque ninguém nos caçava mais. Os traficantes não tinham trabalho e uma passagem para a Itália custava pouco.

Mas agora haviam se reorganizado.

Melhor que antes. Diz-se que, se encontram um *tahrib* na rua, o mandam diretamente de volta para o Saara.

* * *

Depois que voltei, tive que telefonar de novo para Hodan e *hooyo*. Mas será o último dinheiro que peço. Dessa vez, enfim, vou conseguir.

Paguei de novo, e estou aqui com Nigist esperando que me chamem novamente para partir. Depois que você paga é melhor estar fechado em casa, porque podem chegar a qualquer momento.

Mas eu já sei, parto esta noite. Dessa vez me avisaram com um pouco mais de antecedência, três horas, porque o barco é grande, disseram, e somos muitos. Minhas últimas três horas como *tahrib*.

Estou acostumada com as partidas, em oito meses parti pelo menos seis ou sete vezes. Nem tenho bagagem para preparar. Sempre as mesmas coisas: a faixa de *aabe*, o lenço de *hooyo* com a concha, a foto de Mo Farah.

Eu e Nigist nos despediremos quando o momento chegar. Não antes. Durante a Viagem, nada se faz antes do devido tempo. Não há tempo para o passado, não há tempo para o futuro, a não ser em momentos específicos, que servem para sobrevivermos, para permanecermos vivos. As coisas práticas, como as despedidas, não entram nessa categoria e, portanto, são feitas somente quando é a hora.

Até porque vamos nos encontrar de novo depois, nós já dissemos uma à outra.

Ela também vai morar em Helsinque, como eu; queremos construir uma comunidade de mulheres do Chifre da África. Reproduzir em um lugar tão distante e frio as cores dos nossos países. Amo muito Nigist, sentirei muito sua falta até nos vermos de novo.

Ontem à noite, falei por Skype com Hodan, e com Mannaar também. Tem quase quatro anos e a essa altura é certo que é idêntica a mim. Há um momento, durante o crescimento das crianças, nos primeiros dois ou três anos, em que a aparência delas poderia puxar qualquer fisionomia; não é ainda definida, é só um esboço. Aos quatro anos, no entanto, a pessoa já é o que será. Mannaar é idêntica à sua tia Samia. Ela se parece mais comigo que com a própria mãe.

Hodan a inscreveu na academia um ano atrás.

Já corre há mais de dez meses. Hodan tinha razão, evidentemente as mães entendem mesmo tudo de seus filhos, desde antes do nascimento. Mannaar tem um talento para a corrida, é a mais rápida do seu grupo. Já venceu as primeiras duas competições. Sabe-se lá como são curtas suas perninhas. E já é rápida assim.

Eu sou seu mito, foi isso que Hodan me disse. Uma das primeiras palavras que pronunciou foi "sii Amia", tia Samia. Deixa minha fotografia, um recorte de jornal da época de Pequim, ao lado da cama, como eu deixava a de Mo Farah.

Cada vez que a vejo por Skype, acho que é incrível o quanto somos idênticas. Fisicamente, a cara de uma, o focinho da outra. Mas não só. Quando se mexe e fala, tenho a impressão de estar vendo a mim mesma em miniatura.

— Chega logo — disse-me Mannaar ontem à noite. — Tia Samia... — fez uma pausa — ...não deixe os monstros chegarem... Não me diga que tem medo.

Eu e Hodan explodimos juntas numa risada.

— Não, pequena Mannaar, não tenho medo. Nunca — falei.

Esta noite parto, finalmente.

É hora de partir, é hora de chegar. Estou cansada dessa espera. E esta noite comigo parte minha tia Mariam também, uma velha irmã de *aabe* que encontrei aqui em Trípoli por acaso num dia em que saí para pegar os galões de água. Viveu quase um mês em um apartamento aqui perto e eu nem sabia.

Ela também foi presa três vezes durante a Viagem, ela também está cansada e precisa de um lugar sem guerra, um lugar do qual não tenha de fugir.

Esta noite partiremos e logo encontraremos a paz.

Encontraremos a paz.

30.

O barco é grande, muito maior do que eu tinha imaginado. É um barco mesmo; o outro era um bote inflável.

Somos muitos: homens, mulheres, crianças, recém-nascidos, idosos, de novo parecemos muitas sombras empolgadas e esperançosas. Não existe medo em nossos olhos, os olhares estão em perspectiva demais, já olham além do mar.

Nós nos encontramos no porto, por volta das onze da noite.

Tia Mariam também veio. Está cansada. Chegou junto com uma amiga com quem fez a viagem de Mogadíscio. No barco ela se ajeitou do lado de dentro. Eu preferi permanecer fora, respirar o cheiro do mar, que já é um pouco cheiro de liberdade, cheiro de Itália, de Europa.

O mar, finalmente o mar, pela segunda vez o vejo tão perto. Mexe-se devagar, lentamente, nos espera.

No total, somos cerca de trezentos. Somos realmente muitos. Somos impressionantes de se ver. Sombras silenciosas. Há, nos nossos corpos, um tremor que é uma mistura de prudência e de esperança. Ninguém fala, porque falar seria denominar uma coisa ou outra. E denominar as coisas as torna reais, portanto esta noite é melhor não. É melhor que a prudência fique fechada dentro de cada um de nós e que a esperança cresça, talvez devagar, durante a viagem. Só então, somente no fim, poderemos nos alegrar, e o faremos todos juntos. Vamos chorar e rir juntos, e será lindo. Como quando estávamos no reboque.

Agora não, agora é o momento do silêncio. E da prece.

Disseram-nos para embarcar e embarcamos.

Então partimos.

Dessa vez superamos as primeiras três horas.

A navegação é agilíssima, calma, constante. O mar, dócil, se deixa perfurar tranquilo pelo nosso casco. Alguns dormem, outros não. Eu não, por todo o tempo que pude fiquei na proa ao vento, até que o frio se tornou intenso demais e a noite escura demais. Permaneci ao vento e olhando para o norte, esperando a terra da libertação.

Então se passou o primeiro dia.

Para comer não temos grandes coisas, a não ser um pouco de *angero* e de *moffa*. Como sempre não nos deixaram levar nada a bordo, por causa do peso. Nem água.

Após um dia e meio, a comida tinha acabado. Alguns tentaram dizer alguma coisa, outros até começaram a gritar para os traficantes, mas foi apenas para constar, não adiantava nada, a não ser marcar os minutos com gestos obrigatórios, que alguém devia realizar.

Depois de dois dias somos obrigados a beber a água do fundo dos barris do barco. Eu nunca teria feito isso, após a febre que peguei em Cartum. Mas vi que outros bebiam e não adoeciam, e então eu também bebi. Dava nojo, tinha gosto de ferro e urina. Achei um pequeno recipiente e levei um pouco para tia Mariam, que certamente estava com sede.

— É nojenta — digo para ela. — Mas é a única coisa que temos.

Ela está tão sedenta, a tensão da viagem secou sua boca, que bebe tudo de um gole só.

— Obrigada, querida — fala com um fio de voz. Desde que embarcaram, ela e sua amiga não se mexeram nenhuma vez naqueles banquinhos. Imóveis, dormem, rezam e comem o pouco que os traficantes nos dão. Ficam ali, paradas, fitando diante delas aquela extensão infinita de ondas que nos separa da liberdade. Volto para dentro a fim de pegar água para sua amiga também.

Depois tento pegar no sono do lado de fora, ao sol, de dia, porque à noite gosto de olhar as estrelas e não durmo. Descansei talvez duas horas ao todo, estremeço demais, o mar me provoca uma energia que nunca senti, eu o espero desde que sou pequena e ia vê-lo de longe com Alì e Hodan. Eu o espero há tempo demais.

Estou sozinha, não falo com ninguém. De repente, uma garota se aproxima de mim, está com vontade de bater papo.

— Você é somali? — pergunta. Como eu tinha feito com Taliya. Finjo não ouvir. — Você é somali? — repete. Então me viro para ela, digo que sim com a cabeça e lhe faço sinal que não quero falar. Quero estar só: eu, o mar e o futuro. Só nós três, como eu, Hodan e Alì, quando éramos pequenos.

Então aconteceu.

De novo. Não podia acreditar que estivesse acontecendo de verdade, mas aconteceu.

Iblis, o demônio, deve ter se intrometido, porque o barco quebrou. Na metade do terceiro dia. Que caiam na cabeça de vocês mil quilos de merda tão fedida a ponto de nunca mais conseguirem tirar o fedor do corpo.

Reduzimos a velocidade e depois paramos.

Eu não podia acreditar naquilo, não devia faltar muito para as costas italianas. Mas estávamos parados. Permanecemos assim por cerca de quinze horas.

Quinze horas são infinitas se você sabe que está a um passo da meta. Se está viajando como eu há um ano e meio, se incluir Adis Abeba. Quinze horas parados, com a adrenalina que eu tinha no corpo, é um tempo que não se consegue nem imaginar. É como se, no fim de uma prova, justamente quando falta um passo, a última passada para cruzar a linha de chegada, você trombasse com um muro transparente.

Alguns começaram a falar coisas sem nexo. Outros começaram a dizer o nome de Alá. Os traficantes desceram ao convés, eram seis homens, e com os pedaços de pau trouxeram a calma de volta. *Hawaian*, fiquem quietos.

— Se gritarem, com certeza não chegaremos à Itália — disseram.

Quinze horas depois, finalmente chega o barco italiano.

Todos juntos começamos a mexer os braços, a pular, a cantar, a exultar, a pular e a pular mais, e vamos para o mesmo lado, o lado dos italianos, tomados por uma euforia coletiva e incontrolável.

Alguns até trepam na borda, queriam se jogar na água e alcançar a embarcação a nado. Com o peso todo de um lado, o barco corre o risco de tombar, de virar no mar. Um dos traficantes grita pelo alto--falante que voltemos aos nossos lugares.

Aos poucos, quase todos recuam, exceto alguns que permanecem agarrados às bordas. Dois já estão com as pernas no vazio, prontos para pular.

Então entendemos. Tudo se torna claro.

Não nos rebocarão. Não.

Alguns de nós dizem que nunca nos levarão a salvo para a Itália. Passamos uma hora assim, os dois barcos um diante do outro, a talvez 50 metros, ondulando no mar, o capitão italiano falando com nosso traficante pelo rádio.

No nosso barco, insinua-se de ouvido em ouvido a notícia de que nos levarão de volta. Chamarão a polícia italiana e nos levarão de volta a Trípoli. Ou talvez a Kufra. Alguns de nós estão aterrorizados. Outros, exaustos.

Uma pessoa começa a gritar a plenos pulmões:

— Nãããão, vocês são uns canaaaaalhas! —, como se sua voz pudesse chegar até o barco italiano. Em vez disso, se perde em algum lugar entre as ondas, que sobem cada vez mais enraivecidas.

Outros vão de novo para perto da borda, ameaçam se jogar com gestos evidentes, não querem voltar.

Então, do barco italiano, uma decisão é tomada. O capitão manda lançarem algumas cordas ao mar, para estarem prontos na eventualidade de alguém se jogar.

As cordas alcançam a água com muitos *splash* surdos, cortando em cheio as ondas espumosas, grandes, que se partem na lateral do barco. São umas dez no total, as cordas. Uns dez *splashes* surdos, por todo o comprimento do casco.

Então acontece. Acontece, e nunca se poderá agir como se não houvesse acontecido.

Um homem da nossa lata-velha se joga no mar de repente. Sem nenhum aviso, sem que ninguém esperasse por aquilo. O *splash*, agora, é muito mais barulhento, como se houvesse caído uma geladeira.

Tudo fica em suspenso, ninguém mais ousa abrir a boca. O tempo se dilata naquele silêncio. É espera. É pura espera. Que algo aconteça. Qualquer coisa.

Logo depois outro o segue.

Alguém lhe grita para não fazer aquilo.

— O mar está alto, as ondas vão comer você — berra-lhe outro.

Muitos, só nesse momento, despertam, aproximam-se da borda, a lata-velha se inclina novamente.

Então mais um mergulho, de novo.

Não é possível saber de onde se jogará o próximo, cada um olha ao redor para entender se haverá outro. Todos parecem peixes ofuscados por uma luz fortíssima, de milhões de watts, mexem a cabeça aos trancos, para a direita e para a esquerda.

Subitamente, uma mulher, agora, é que se joga.

Ninguém acredita realmente naquilo. Ainda assim, na água, há quatro pessoas que estão fazendo de tudo para alcançar as cordas. Duas nadam feito loucas, a grandes braçadas barulhentas. As outras duas, incluindo a mulher enrolada nos véus que se abrem e se fecham quando ela entra e sai do mar, se movem freneticamente, com gestos nervosos; está claro para todos que não sabem nadar.

A água está agitada, é água raivosa.

— Voltem! — grita alguém.

— Vocês são loucos, voltem para cá! — esgoela-se outro.

Desde que os quatro corpos estão no mar, as ondas parecem ainda mais altas, ainda mais fortes. Estou perto da borda como todos e olho minha tia, que agora saiu para o convés.

Então olho o mar.

O meu mar.

Ela entende imediatamente e vem ao meu encontro.

Talvez eu esteja com aquilo escrito nos olhos, ou não sei onde, mas ela entende.

— Não! — apenas diz. — *Nããão!* — repete.

Ela diz isso, mas não ouço sua voz, só vejo os lábios se mexendo.

Talvez eu lhe responda algo, talvez diga:

— Para trás. De novo eu não volto. Nunca.

Mas não tenho certeza se minha voz sai de verdade.

* * *

Então uma força maior do que eu me faz trepar na borda. Não sei de onde a tirei, não sei nada. É ela que me pega e me faz passar por cima da borda. Não sou eu, é ela.

Tia Mariam tenta me puxar forte, engancha a mão na minha camiseta:

— Nãã, Samia, não!

Eu giro uma perna.

Depois a outra.

À frente tenho o mar, finalmente o mar, e poderia entrar nele, sem que ninguém me diga nada. Pela primeira vez na vida poderia me sentir envolvida por toda aquela água, poderia nadar dentro dela, como desejo fazer desde sempre.

Agora estou sentada na lateral da lata-velha enferrujada, olho o infinito, olho o mar. Olho as cordas. Olho o mar.

Viro-me.

Não tinha me dado conta de nada. Tia Mariam está atrás de mim, continua a me puxar pela camiseta e chora, vejo os lábios articulando um som que não ouço.

Então, acontece. De novo, acontece.

Sou eu que sou levada à existência por essa força que me agarrou e decidiu tomar conta de mim.

O salto é alto, como deve ser todo salto em direção à liberdade.

A água é gélida e está ainda mais agitada do que como parecia de cima.

* * *

Furo a superfície e alcanço o ponto mais baixo antes da subida natural. Abro os olhos. Há todo um mundo de bolhinhas acima de mim. Há as maiores perto da minha cabeça, lentas, e as pequenas e pequeniníssimas que, rápidas, estão correndo em direção à luz, em direção à superfície. *Trrr trrr trrr trrrr trrrrr*. À direita e à esquerda, as silhuetas escuras das duas embarcações.

Dou uma batida com os pés e subo de volta. Surjo no ar e procuro as cordas com os olhos.

Não sei qual é o nosso barco e qual é o italiano. Tento ficar tranquila, enquanto em volta o mar me submerge com ondas repetitivas.

O barco dos italianos é o da esquerda.

Subo e desço, subo e desço. A água me embala e me pega. Dou algumas braçadas potentes, o mais que posso. Tento me manter reta e ir em direção às cordas.

As cordas. São as cordas a minha meta, minha linha de chegada.

Enquanto bato os braços contra as ondas, canto na cabeça a música de Hodan, a nossa canção sobre a liberdade. Canto enquanto subo e desço, tento cantá-la com a boca, mas não consigo, então a repito na mente.

Voe, Samia, voe como o cavalo alado faz no ar...
Sonhe, Samia, sonhe como se você fosse o vento que brinca entre as folhas...
Corra, Samia, corra como se não devesse chegar a nenhum lugar...
Viva, Samia, viva como se tudo fosse um milagre...
...
...
...

Então, finalmente, algo acontece.

* * *

Alguém me segura pela mão e me arrasta em direção à corda. Não sei como, graças a essa pessoa que não reconheço, mas pela qual sinto um amor infinito, consigo agarrá-la. O contato com a água se torna mais suave, horizontal, agora.

Estou nadando.

Não, alguém está me puxando para cima. Estão me içando a bordo do barco italiano.

...Voe, Samia, voe como o cavalo alado faz no ar...

Agora respiro, enfim. Respiro bem.

A bordo sou medicada.

Eles me enxugam e me põem no calor.

Que bom o calor, o mar é tão frio.

Pouco depois, pouquíssimo, não mais que algumas horas de navegação, estamos em Lampedusa.

Na Itália.

Não pode ser verdade, finalmente estou na Itália.

Realizei meu sonho, consegui.

...Sonhe, Samia, sonhe como se você fosse o vento que brinca entre as folhas...

Em Lampedusa, cuidam de mim.

Fico dois dias no hospital.

Eu digo que tenho que encontrar meu treinador na Inglaterra e então me deixam ir, me levam ao aeroporto.

De Lampedusa, pego um avião para Roma.

De Roma, outro para Londres.

Em Londres, em Stansted, quem me espera é Mo Farah em pessoa com seu treinador.

A primeira coisa que fazem é reclamar do tempo que demorei para chegar.

Peço desculpas, rimos e nós três nos dirigimos imediatamente ao campo de treino. Preciso correr atrás do tempo perdido, eu sei, tenho consciência disso. Terei que trabalhar muito.

Eu me recupero bem e rápido.

Em algumas semanas estou boa como antes, muito mais que antes.

...Corra, Samia, corra como se não devesse chegar a nenhum lugar...

Consigo me qualificar por pouco para as Olimpíadas de Londres de 2012.

Minha alegria é infinita. Nunca estive mais feliz.

Supero todas as fases preliminares e, contra todas as expectativas, chego à final.

O público está comigo.

Nos blocos da largada, em rede internacional, estou na quarta raia.

À minha direita está Veronica Campbell-Brown, à minha esquerda, Florence Griffith-Joyner, a mulher mais rápida do mundo.

...Viva, Samia, viva como se tudo fosse um milagre...

Bum.

É dada a largada.

E nós corremos.

Samia Yusuf Omar morreu no Mediterrâneo em 2 de abril de 2012 enquanto tentava alcançar as cordas lançadas por uma embarcação italiana.

Nos Jogos Olímpicos de Londres de 2012, Mo Farah venceu os 5 mil e os 10 mil metros, tornando-se herói nacional na Inglaterra e na Somália. A fotografia que o retrata junto com Usain Bolt deu a volta no planeta: em um só clique, o melhor velocista e o melhor fundista do mundo.

Mannaar está cada dia maior e ainda se parece muitíssimo com a tia. Dizem que é uma das crianças mais rápidas da sua idade.

Nota do autor

Eu me deparei com a história de Samia Yusuf Omar por acaso, em 19 de agosto de 2012, em Lamu, no Quênia. Era de manhã e o noticiário da Al-Jazeera dedicou a ela alguns minutos durante o encerramento dos Jogos Olímpicos de Londres. Aquela história me fulminou. Alguns dias depois, voltei para a Itália, onde a escritora Igiaba Scego havia escrito sobre Samia em *Pubblico*. Foi graças a Igiaba e a Zahra Omar, bem mais que uma mediadora e uma intérprete, que consegui encontrar Hodan e Mannaar, em Helsinque, em fevereiro de 2013. E, graças a Zahra, eu e Hodan conseguimos nos comunicar naquela que imediatamente me pareceu uma mesma língua. E só graças a Igiaba e a Zahra, portanto, que este livro existe.

Nunca agradecerei a Hodan o suficiente pelas conversas daqueles dias infinitos, por suas lágrimas e por suas risadas, por suas canções, trancados num quartinho de hotel, e por ter me dado a coragem e a força de contar a história de sua irmã. Obrigado por ter me confiado essa história, que espero ter conseguido retribuir ao menos em parte. E obrigado pela ótima comida somali que você levava para mim no hotel quando todos os restaurantes estavam fechados.

Obrigado também a Mannaar, que nas horas que passamos juntos me encheu de energia e vitalidade.

Quero agradecer também àquela que no livro chamei de Nigist, e que quer permanecer no anonimato — ainda assustada pelo que a polícia líbia poderia lhe fazer se a encontrasse —, por ter me contado suas conversas com Samia nos trinta dias que passaram em Trípoli dentro na mesma casa, junto com mais quarenta mulheres.

Agradecimentos

Este livro é fruto do trabalho de muitas pessoas que me ajudaram a escrevê-lo ou contribuíram para torná-lo melhor. Ou, ainda, que me ajudaram a encontrar a energia necessária para escrevê-lo.

Primeiramente, obrigado a meus pais, que sempre estiveram comigo e que são um porto seguro mesmo nos momentos difíceis, aqueles em que não se sabe bem qual caminho tomar. Obrigado à vó Michelina, que sei que de algum lugar está sorrindo e me olhando. Um grande obrigado à editora Feltrinelli. Obrigado a Carlo Feltrinelli por ter amado o projeto imediatamente. Obrigado a Gianluca Foglia, por ter desejado que se realizasse e por ter tomado tanto cuidado com ele. Obrigado a Alberto Rollo, por ter contribuído para fazer se desenvolver dentro de mim um espaço de sensibilidade para acolher a voz de Samia e por ter sido o primeiro a me dizer "está bom". Obrigado a Alessandro Monti, pelas palavras atentas e profundas depois da leitura. Obrigado a Giovanna Salvia, pelo preciosíssimo trabalho no texto. Obrigado a Chiara Cardelli e a Bettina Cristiani, por terem descoberto muitas coisas que ainda não estavam boas. Obrigado a Theo Collier e a Bianca Dinapoli, por terem falado desta história a tantas pessoas em todo o mundo. Obrigado a Alberto Schiavone, porque é um dos primeiros que eu quis que lesse este livro. Um obrigado coletivo a Francesca Cappennani, Annalisa Laborai, Silvia Cassoni, Benedetta Bellisario, Rossella Fancoli, Francesco Lopez e a Ludovica Piccardo e Agnese Radaelli de *Il Razzismo è una brutta storia*, por terem desejado ler o primeiro esboço e pelo entusiasmo que me transmitiram. Obrigado a Andrea Vigentini e a

Salvatore Panaccione por suas palavras, várias vezes. Obrigado a Rodolfo Montuoro, pelo apoio e energia, sempre. Obrigado a Rosie Ficocelli, pela precisão em cada esboço. Obrigado a Raf Scelsi, que soube me ouvir nos momentos de desorientação. Obrigado a Giulia Romano, que compartilhou comigo muitas conversas. Obrigado a Gomma, pelo constante encorajamento a distância. Obrigado a Ana Díaz Ramírez, pela foto. Obrigado a Cristiano Guerri e a Duccio Boscoli, por todo o trabalho na capa ao qual os obriguei.

Um grande obrigado ao meu agente, Roberto Santachiara, um pilar e a segunda pessoa com quem dividi esta história, por ter logo me encorajado a escrevê-la.

Obrigado a Roberto Saviano por ter me dito em um momento delicado: "Por favor, escreva."

Obrigado de novo a Igiaba Scego, com quem tudo começou.

Obrigado a Francesco Polimanti, por ter sido sensível e aberto durante a aula sobre a história de Samia que dei na UM University em Miami, em outubro de 2013.

E obrigado a quem está sempre comigo: minha irmã Nicoletta.

E, enfim, obrigado a Chiara: não é necessário revelar demais, aqui, o quanto me ajudou, antes, durante e depois.

Este livro foi composto na tipografia
Palatino LT Std, em corpo 11/16,1, e impresso em
papel off-white no Sistema Digital Instant Duplex
da Divisão Gráfica da Distribuidora Record.